红色广东丛书

陈雪 著

穿越封锁线

SPM

南方出版传媒

广东人民出版社

·广州·

图书在版编目（CIP）数据

穿越封锁线 / 陈雪著. —广州：广东人民出版社，2021.12
（红色广东丛书）
ISBN 978-7-218-15138-0

Ⅰ．①穿… Ⅱ．①陈… Ⅲ．①纪实文学—中国—当代 Ⅳ．①I125

中国版本图书馆CIP数据核字（2021）第125431号

CHUANYUE FENGSUOXIAN

穿 越 封 锁 线

陈雪 著

出 版 人：肖风华

责任编辑：王　鹏
特邀编辑：许　颖
封面设计：李卓琪
责任技编：周星奎　吴彦斌

出版发行：广东人民出版社
地　　址：广州市海珠区新港西路204号2号楼（邮政编码：510300）
电　　话：（020）85716809（总编室）
传　　真：（020）85716872
网　　址：http://www.gdpph.com
印　　刷：广东鹏腾宇文化创新有限公司
开　　本：787毫米×1092毫米　1/16
印　　张：12　字　数：172千
版　　次：2021年12月第1版
印　　次：2021年12月第1次印刷
定　　价：45.00元

如发现印装质量问题，影响阅读，请与出版社（020-85716808）联系调换。
售书热线：020-85716826

总　序

　　百年征程波澜壮阔，百年大党风华正茂。习近平总书记在党史学习教育动员大会上指出："我们党的一百年，是矢志践行初心使命的一百年，是筚路蓝缕奠基立业的一百年，是创造辉煌开辟未来的一百年。"翻开风云激荡的百年党史，一代又一代中国共产党人，用鲜血和生命浸染了党旗国旗的鲜亮红色，书写了可歌可泣的历史篇章，铸就了彪炳史册的丰功伟绩。一百年来，党的红色薪火代代相传，革命精神历久弥坚，红色基因已深深根植于共产党人的血脉之中，成为我们党坚守初心、永葆本色的生命密码。

　　广东是一片红色的热土，不仅是近代民主革命的策源地，也是国内最早传播马克思主义、最早成立共产党早期组织的省份之一。在新民主主义革命的漫长历程中，广东党组织在中共中央的领导下，发动、组织和领导广东人民开展了一系列广泛而深远的革命斗争。1921年，广东党组织成立后，积极开展工人运动、青年运动，并点燃农民运动星火。第一、二、三次全国劳动大会连续在广州召开，全国工人运动的领导机关——中华全国总工会在广州诞生。中国社会主义青年团第一次全国代表大会在广州召开，促进了全国团组织的建立、发展。在"农民运动大王"彭湃领导下，农潮突起海陆丰影响全国。

1923 年，中共中央机关一度迁至广州，中国共产党第三次全国代表大会在广州召开，推动形成了第一次国共合作，建立了国民革命联合战线，掀起了大革命的洪流。随后，在共产党人的建议下，黄埔军校在广州创办，周恩来等共产党人为军校的政治工作和政治教育作出了重要贡献，中国共产党也从黄埔军校开始探索从事军事活动。在共产党人的提议下，农民运动讲习所在广州开办，先后由彭湃、阮啸仙、毛泽东等共产党人主持，红色火种迅速播撒全国。1925 年，广州和香港爆发省港大罢工，声援五卅运动，成为大革命高潮时期一个十分引人注目的重要斗争。1926 年，在统一广东革命根据地后，国民革命军在广州誓师北伐，以共产党员为骨干的北伐先锋叶挺独立团所向披靡，铸就了铁军威名。在北伐战争胜利推进的同时，广东共产党组织和党领导的革命队伍迅速扩大和发展，全省工农群众运动也随之进入高潮。

1927 年"四一二"反革命政变以后，广东共产党组织在全国较早打响反抗国民党反动派血腥屠杀的枪声，广州起义与南昌起义、秋收起义一起，成为中国共产党独立领导中国革命、创建人民军队的伟大开端。随后，广东党组织积极探索推进工农武装割据，在海陆丰建立第一个县级苏维埃政权，并率先开展土地革命，开启了中国共产党领导人民进行的最重大的社会变革。与此同时，广东中央苏区逐步创建和发展起来，为中国革命的发展作出了不可磨灭的贡献。1931年，连接上海中共中央机关与中央苏区的中央红色交通线开辟，交通线主干道穿越汕头、大埔，成功转移了一大批党的重要领导，传送了重要文件和物资，成为土地革命战争时期党的红色血脉。1934 年，中央红军开始了举世瞩目的长征，广东是中央红军从中央苏区腹地实施战略转移后进入的第一个省份，中央红军在粤北转战 21 天，打开了继续前进的通道，成功走向最后的胜利。留守红军在赣粤边、闽粤边和琼崖地区进行了艰苦卓绝的游击战争，高举红旗永不倒。

抗战全面爆发后，中共中央和中共中央长江局、南方局十分重视和加强对广东党组织的领导，选派了张文彬等大批干部到广东工作。日军侵入广东以后，广东党组织奋起领导广东人民开展敌后抗日游击战争，成立了东江纵队、琼崖纵队、珠江纵队、广东人民抗日解放军、南路人民抗日解放军和韩江纵队等抗日武装，转战南粤辽阔大地，战斗足迹遍及 70 多个县市。华南敌后战场成为全国三大敌后抗日战场之一，党领导的广东人民抗日武装被誉为华南抗战的中流砥柱。香港沦陷以后，在中共中央的领导和周恩来等人的精心策划安排下，广东党组织冲破日军控制封锁，成功开展文化名人秘密大营救，将 800 多名被困香港的文化名人、爱国民主人士及家眷、国际友人等平安护送到大后方，书写了抗战史上的光辉一页。

解放战争时期，在中共中央的领导下，华南地区大力开展武装斗争，开辟出以广东为中心的七大块游击根据地，成立了中国人民解放军琼崖纵队、粤赣湘边纵队、闽粤赣边纵队、桂滇黔边纵队、粤中纵队、粤桂边纵队和粤桂湘边纵队等人民武装，其中仅广东武装部队就达到 8 万多人，相继解

放了广东大部分农村，在全省1/3地区建立起人民政权，为广东和华南的解放创造了有利条件。在广东党组织的配合下，人民解放军南下大军发起解放广东之役，胜利的旗帜很快插遍祖国南疆。

革命烽火路，红星照南粤。广东见证了中国共产党从新生到大革命、土地革命，再到抗日战争、解放战争等革命斗争全过程。其间，毛泽东、周恩来、刘少奇、朱德、邓小平、叶剑英、彭德怀、刘伯承、贺龙、陈毅、聂荣臻、徐向前、李富春、粟裕、陈赓等老一辈革命家和李大钊、蔡和森、瞿秋白、陈延年、彭湃、叶挺、杨殷、邓发、张太雷、苏兆征、杨匏安、罗登贤、邓中夏、恽代英、萧楚女、阮啸仙、张文彬、左权、刘志丹、赵尚志等一大批革命先烈都在广东战斗过，千千万万广东优秀儿女也在革命斗争中抛头颅、洒热血，留下了光照千秋的革命历史和革命精神。广东这片红色热土，老区苏区遍布全省，大大小小的革命遗址分布各地，留下了宝贵而丰厚的红色文化历史遗产。

习近平总书记强调，中国革命历史是最好的营养剂。重温这部伟大历史能够受到党的初心使命、性质宗旨、理想信念的生动教育，必须铭记光辉历史、传承红色基因。我们有责任把党领导广东人民进行革命斗争的光辉历史和伟大功绩研究深、挖掘透、展示好，全面呈现广东红色文化历史，更好地以史铸魂、教育后人，让全省人民在缅怀英烈、铭记历史中汲取砥砺奋进的强大力量，让人们深刻认识红色政权来之不易，新中国来之不易，中国特色社会主义来之不易，确保红色江山的旗帜永远高高飘扬。

　　为充分挖掘广东红色文化资源的丰富内涵，我们组织省内党史、党校、社科、高校等专家学者，集智聚力分批次编写《红色广东丛书》。丛书按照点面结合、时空结合、雅俗结合原则，分为总论、人物、事件、地区、教育五个版块。总论版块图书，主要综述中国共产党在广东的革命斗争历史概况，人物版块图书主要讴歌广东红色人物，事件版块图书主要论说党领导广东人民开展革命斗争的历史事件，地区版块图书从地市和历史专题角度梳理广东地域红色文化，教育版块图书着力打造面向青少年及党员的红色主题教材。丛书以相关的文物、文献、档案、史料为依据，对近些年来广东红色文化资源研究成果做了一次全面系统梳理，我们希望这套丛书能为党史学习教育、革命传统教育、爱国主义教育提供重要内容支撑。

　　一切向前走，都不能忘记走过的路，走得再远、走到再光辉的未来，也不能忘记走过的过去，不能忘记为什么出发。站在"两个一百年"的历史交汇点上，我们要更加坚定自觉地学史明理、学史增信、学史崇德、学史力行，赓续红色血脉，传承红色基因，以一往无前的奋斗姿态、风雨无阻的精神状态，推动广东在全面建设社会主义现代化国家新征程中走在全国前列、创造新的辉煌。

《红色广东丛书》编委会

2021 年 6 月

CONTENTS **目 录**

前　言

　　1942 年春，太平洋战争爆发不久，沦陷后的香港发生了一起悄无声息却又震惊中外的大事件。数百名被日军搜捕的爱国民主人士和文化人士，在日军严密封锁之下的港岛上突然"蒸发"，几个月之后，这些神秘消失的人物，却安然出现在抗战大后方和抗日根据地。一时间，敌人为之震惊，世界为之瞩目！这场被茅盾称之为"抗战以来（简直可以说有史以来）最伟大的抢救工作"，是在中共中央南方局周恩来的指挥下，由八路军驻港办事处、广东地方党组织和东江游击队，经过精心策划和共同努力，创造出来的抗日奇迹和彪炳业绩。

　　对于这一重大的历史事件，早已有过诸多研究文论和文艺作品问世。但在以往的作品中，大多只是记叙了香港沦陷之后，爱国民主人士和文化人士秘密撤出香港的过程，但对他们此后经历的数次转移过程却少有叙述。

　　七七事变之后，内地受到日军疯狂进攻，各处都是硝烟弥漫，战火纷飞，爱国民主人士和文化人士来到香港，在这块被称为"自由港"的文化孤岛上，筑成抗日救亡的文化阵地和战斗堡垒。

　　皖南事变的爆发，标志着全面抗战时期国民党第二次反共活动达到巅峰。受此影响，一大批受国民党顽固派迫害的民主人士和文化人士转战香港，前后两拨人共同在此构筑起一条爱国抗日统一战线。日军进攻香港时，聚集在九龙城的文化人士为避战火，大多被秘密转移到香港岛内，还有一部分则在城郊隐藏下来。香港岛、九龙、新界全部被日军攻占后，在香港的地下党组织和港九手枪队，又陆续把被困港岛的爱国民主人士和文化人士,秘密转至九龙或西贡,以待时机向内地转移。

在营救转移过程中,为保证爱国民主人士和文化人士的安全,由廖承志、潘汉年、连贯、尹林平(林平)、杨康华、梁广、刘少文等人组成的港九疏散委员会,经过细致周密的商讨,制定出4条出港转移路线,分为陆路和水路、西线与东线。这4条路线分别为:九龙至长洲岛,过伶仃洋至广州湾(今湛江);九龙至长洲岛,至海陆丰;九龙经青山道、元朗至宝安游击区;九龙至西贡,经沙鱼涌至惠阳游击区,这是"三度"转移。

为实施这个庞大的营救计划,中共广东省委动员了数千名地下党员,调动了近百个地方基层党组织,集中了东江游击队的主要武装力量,共同参与这次大营救行动。在香港避风塘、九龙塘、牛池湾、西贡、元朗十八乡、深圳、坪山、惠阳、惠州、老隆、韶关、澳门、珠海、中山、江门、肇庆、湛江、海丰、陆丰、丰顺、兴宁、梅县、大埔等地建立了数十个秘密交通站;南方工委、粤北省委、粤南省委、东江前线特委(简称"前东特委")、东江后方特委(简称"后东特委")无不倾其全力,配合这次营救行动。时任南方工委副书记和广东省委书记的张文彬面对着巨大的压力,在给延安的报告中要求中央最少拨付100万元,以解决在营救过程中的燃眉之急。100万元,对于当时的延安来说,不啻是一个天文数字。当时在延安红军大学,每个学员的教育费,包括伙食、衣着每月不到15元。美国记者埃德加·斯诺在《西行漫记》写道:"由于'纸荒'而不得不把敌人的传单翻过来当作课堂笔记本使用。"而那时中央机关每人每天的伙食费仅有2毛钱。地处贫瘠的陕西一隅,又遭到国民党的经济封锁,要靠大生产自救的延安,却勒紧裤带拿出100万大洋来营救文化人士,党中央这是何等胸襟!何等气魄!何等眼光!

有人对此颇为困惑和不解,毛泽东在1942年春的大营救期间,对大家说:"我们中国是一个半殖民地半封建的国家,文化不发达,所以对于知识分子觉得特别宝贵……没有革命知识分子,革命就不会胜利。"①共产党人高

---

① 毛泽东:《整顿党的作风》,《毛泽东选集》(第三卷),人民出版社1991年版,第815页。

瞻远瞩，不惜代价、不计牺牲营救文化人，为革命的胜利和中国文化的存续做出了不可磨灭的贡献；也彻底粉碎了日本侵略者"以华制华"，共建"大东亚共荣圈"的美梦；有力印证了拿破仑的那句名言："世界上只有两种力量：利剑和精神，从长远说，精神总是能征服利剑。"

被中共营救出来的梁漱溟脱险后，曾给他儿子写过一封家信。信中说："我是注定不会死的，因为我要是死了，中国文化就会中断，天地将为之变色，历史为之改辙。所以，这次大难当头，到处都有许多不认识的人帮助我，使我化险为夷，这是天意。"① 他所说的这些"许多不认识的人"是谁？就是广东地下党组织和东江抗日游击队。"天意"是什么？就是苦难的中国诞生了一个人民的政党——中国共产党。

整个大营救工作历时 200 余天，行程两万余里，足迹遍及中国的十余个省市，共营救出爱国民主人士、文化界人士 800 余人。在这些人当中，不少是扶老携幼或夫妻同行，如邹韬奋、茅盾、张友渔、柳亚子、宋之的、胡风等。他们在被营救转移过程中，无一人被遗漏或落入敌手。而参加营救工作的共产党人，却大都是无暇顾及个人家庭：廖承志、连贯把各自母亲、妻儿留在香港；陈曼云与新婚丈夫香港辞别；黄冠芳把恋人派去组建交通站；卢伟如、陈永为建秘密联络站，把未婚妻接到惠州"突击结婚"；李少石、廖梦醒夫妇去澳门建交通联络站。更令人扼腕的是，大营救的主要组织策划者之一张文彬以及短枪队队长刘黑仔等后来皆不幸壮烈牺牲……

习近平总书记曾经说过："对一切为国家、为民族、为和平付出宝贵生命的人们，不管时代怎样变化，我们都要永远铭记他们的牺牲和奉献。"② 粤港澳地方党组织和东江抗日游击队，在大营救工作中履险蹈危，历尽艰辛，他们用实际行动树立起一座不朽的丰碑，铭刻着永不磨灭的历史功勋，成为激励我们在实现中华民族伟大复兴的中国梦征途上的强大精神动力。

---

① 该信原为家信，出版为公开信之后，梁漱溟表示信中的一些话语为狂妄之辞。
② 《国家主席习近平发表 2015 年新年贺词》，新华网，2014 年 12 月 31 日。

第一章　香港风云

日本侵略者的南进计划把"东方之珠"带进了黑色圣诞。"花开！花开！"一个颇具浪漫而诗意的词组，却被法西斯暴徒的血腥杀戮演绎成一道疯狂的魔咒，"自由港"不再自由，"孤岛天堂"繁荣不复。

一、港九沦陷

"花开！花开！"一个美妙的词组。

花朵本象征幸福、美好与和平，而战争的血腥与残忍，改写了花的寓意，快速被日本法西斯演绎成疯狂杀戮的魔咒。1941 年 12 月 7 日，偷袭珍珠港的同时，日军第二十三军指挥官酒井隆接到一封特急电报，"花开、花开"——这正是日军在马来亚登陆，并向中国香港及东南亚多个地区发动进攻的秘密代号。

12 月 8 日凌晨 4 时，酒井隆一声令下，日本第二遣华舰队便迅速开进指定位置，实现了对香港的海上封锁。早上 7 时，一颗颗重磅炸弹坠落在香港九龙启德机场，停在机场上的 5 架军用飞机、8 架民航飞机随即葬身火海，紧接着停泊在九龙海湾的 3 艘英军驱逐舰也中弹起火。枪炮、爆炸、警笛、嘶吼，黎明被战火染红，惊醒了沉睡中的香港。

东方之珠，在日出前落入了战争的黑暗。

这场战争，要从香港的地理位置说起。作为珠江内河与南海的交通咽喉、亚洲甚至世界的航道要冲，香港拥有着得天独厚的地理区位优势。

1937 年 7 月 7 日，日本挑起卢沟桥事变，发动全面侵华战争，妄图尽快拿下中国，占领东方的主战场。此后，更是将魔爪伸向其时受英国政府殖民统治的香港，企图将其纳入"大东亚共荣圈"。

而当时，西方大国普遍奉行绥靖政策，意图通过纵容法西斯的行径来换取暂时的和平，如此一来，整个亚洲战场，只有中国军队在拼命抵抗这支凶神恶煞的侵略军。当时，支援中国抗战的外援物资主要依靠两条通道：一是新开通的滇缅公路，二是香港的深水良港。但英国首相丘吉尔迫于日方的压力，提出关闭滇缅公路 3 个月，并在香港禁运一切送往内地的军用物资和生活用品，帮助日本切断了这两条战争补给线，借此来缓和英日的紧张关系，以保护英国在东方的利益。

另一边，时任第 20 任香港总督的罗富国对香港的防御做了大量的基础性工作，还耗费巨资，筑成了两条坚固的工事防线：一条东起沙头角，经罗湖、深圳河西至后海湾的边界线；另一条则是著名的"醉酒湾防线"，这条号称"东方马其诺"的防线，是英军在九龙半岛修筑的永久性防御工事，是港岛最有底气，也最有险可守的一道外围防线。

为了保住香港，八路军驻港办事处、中共香港市委在港战爆发前，曾多次与港英当局谈判，表示愿意组织东江游击队进入港九地区，与英军一起抵抗日军进攻。港英政府本答应提供武器弹药，最后却因港英高层的诸多顾虑，没有付诸实施。国民政府也曾经提出派兵，共同防御香港。港英政府却担心在港的统治权受到威胁，打起了自己的小算盘，非但没有同意国民政府的提议，还把从内地溃退到港的国民党军队全部收押，关进了集中营。

尽管英国政府如此讨好日本人，日本侵略者仍没有放弃早有预谋的"南进"计划。1941 年 11 月间，深圳河已是大军压境，一批批日军部队在此集结待命。此时的日军，已是海、陆、空全部配备集结完毕，就等进攻香港的命令下达。

12 月 7 日凌晨，美国夏威夷珍珠港的美军被炮弹惊醒，日本海军的偷

袭让毫无防备的美军措手不及，地动山摇之下，太平洋战争就此爆发。几乎是同时，日军已着手筹划秘密攻占香港。于是，开头的一幕噩梦发生了。

被噩梦惊醒的，除了刚履任3个月的港督杨慕琦，还有驻港的英军总司令马尔比，其来港也刚好是3个月的时间，而辅政司詹逊，还是在港战爆发的当天才到任！这几位港英政府的首脑人物，对香港的情况概不熟悉，突如其来的战争，让他们一时措手不及。日军一系列闪电战的招数，把杨慕琦的守军打得毫无喘气之机，驻港的英军除了步步退守抵抗，已无任何回转的余地。

酒井隆深知，想要占领港英政府驻军近百年的港九半岛，醉酒湾防线一定是一道难过的坎，这些由坚固的碉堡和大口径的炮台构成的军事防线，当是阻挡日军挺进香港的巨大障碍。他计划先调集重炮和飞机，用炮弹在此打开一个缺口，继而发起总攻。

城门碉堡是醉酒湾防线的核心工事，位于城门水库的孖指径山坡，这里居高临下，进入九龙市区的道路均在碉堡的火力射程之内，战略位置十分险要。日军间谍用钱收买了一个线人，线人供出碉堡的详细布防情况和守军人数，同时还得到了碉堡通往四〇一高地的秘密暗道。于是，一座英军花费巨资修筑的坚固工事，一座足以迟滞日军进入九龙市区的城头堡，在英军毫无察觉的情况下，拱手就让给了敌人。英军也因此一下乱了阵脚，短短3天时间，九龙城门已无险可守，号称足可抵挡半年之久的醉酒湾防线全线崩毁。12月12日清晨，日军继续向九龙市区发动进攻，一路上没有遭到任何抵抗，不久，半岛酒店楼顶升起了日本的旭日旗。

这边，退守港岛后，英军司令马尔比重新对港岛防务做了部署。首先是把新界、九龙退回的半岛旅和港岛部队，划成东部旅和西部旅，西部旅负责把守西环和中环海军船坞，指挥部设在被称为"香港命门"的黄泥涌峡水库附近；东部旅负责守住铜锣湾及深水湾以东的河岸线，指挥部设在大潭道和石澳道交界的一个高地上。除此之外，马尔比将国民党军溃退香港时被关押的官兵，悉数从集中营释放出来，全部编入义勇军队伍，和苏格兰营一起守卫维多利亚城，指挥部设在海军要塞内。

面对英军严密的防守，日军虽然急着冲破防线，攻下香港，但不敢贸然发起总攻。12月19日，日军的船只才开始摆开阵势，源源不断地向已登陆的港岛先头部队增兵，很快控制了港岛东部的沿海阵地和3处小山高地，驻港英军开始向西南方撤退。此后，日军却并不着急向港岛的中心区域推进，而是把目标对准了港岛最大的淡水源——黄泥涌峡。尽管英军严防死守，并向日军阵地发起多次猛烈的反击，但均遭到了日军的猛烈火力射击，黄泥涌峡阵地还是失守了。

虽然杨慕琦从未对固守港岛失去信心，更没想过投降，甚至曾为了鼓舞士气、振奋军心，向香港市民发布通告：我军已经退入了一个巩固和完备的堡垒内继续作战！但当接到"首府来电，授权阁下在紧急情况下自行决定是否投降"的电报时，他不得不考虑香港的百万市民之生计，没有了水，没有了粮食，一切坚持都是徒劳，他别无选择地做出了最难启齿的决定——投降。

从此，仅上任3个月的港督，开始44个月的被囚禁生活。

二、"孤岛天堂"繁荣不复

早在七七事变爆发前，中共为恢复健全广东的地方党组织活动，就在香港成立了中共南方临时工作委员会（简称"南临委"），下设香港文化支部，专门负责领导香港文化界开展抗日救亡运动，并办有《战斗》《大路》机关刊物，共产党人掌控的进步报刊计有《战鼓》《南风》《余闲》《南方文艺》《振声》等十余种。尤值一提的是，《大众日报》还刊登过《八一宣言》及红军长征消息，《民族战线》曾公开转载中共中央文件和毛泽东的文章。为加强粤港澳地区的党组织建设，巩固香港这块文化阵地，1937年10月，张文彬从延安被派往广东，出任改组后的中共南方工作委员会书记；1937年年底，年仅20来岁的廖承志，又根据南方局的部署安排，风尘仆仆地赶赴香港，筹建八路军驻港办事处，出任办事处主任。

在英国人的殖民地开办一个这样的办事机构，着实是费了一番周折。因为英国人为了保护自己的在华利益，不想刺激日本人，处事格外小心。港督要求为了不影响英国政府对中日战争的"中立"立场，不能公开挂出"八路军驻香港办事处"的招牌，廖承志只好以做茶叶生意为掩护，把办事处对外称作"香港粤华公司"。

这边，日军占领武汉、广州之后，由于战线太长、兵员不足，不得不在侵华部署上做出战略调整，对国民党采取"政治诱降为主，军事打击为辅"的策略，大规模正面战场作战减少，却增加了对敌后战场八路军、新四军的打击扫荡。这种局势的明显变化，让蒋介石敏感地捕捉到，这是一次"剿共灭共"的大好时机。

1941 年 1 月 6 日，由叶挺、项英等率领的新四军在向北转移途中，在茂林地区遭到国民党的重兵伏击。新四军将士拼死突围，经过七昼夜激战，终因敌众我寡、弹尽粮绝而失败，政治部主任袁国平牺牲，副军长项英、参谋长周子昆在突围中被叛徒杀害，军长叶挺谈判时被扣押，全军将士几乎死伤殆尽，史称"皖南事变"。

消息传出，中外震惊！

面对国民党顽固派这一枉顾全民族利益，肆意破坏全民族抗日统一战线，蓄意掀起第二次反共高潮的恶劣行径，周恩来代表中共中央，向国民党当局提出严重抗议，痛斥其行为是"使亲者痛，仇者快"的分裂行为，皖南事变是国民党顽固派蓄意制造的"千古奇冤"！

1941 年 1 月 18 日至 20 日，中共中央接连致电南方局周恩来，电文称："蒋介石似有与我党破裂决心，组织上应准备撤销各办事处，干部迅速撤退，周恩来、董必武、叶剑英、邓颖超等重要干部……党外同情分子，也应当立即通知他们分批转移到南洋、香港，并助其旅费。"① 根据党中央的

---

① 余俊杰、刘中国：《白石龙大营救始末》，花城出版社 2015 年版，第 52 页。

这一指示，南方局、重庆八路军办事处和新华日报社除保留少数人员留守工作外，分别转移撤离或分散隐蔽。此后的短短几个月内，周恩来安排从重庆转移到香港的文化人士达 100 余人，包括了茅盾、邹韬奋、李公朴、胡风、胡绳、宋之的、王莘、叶以群、张友渔、韩幽桐、叶籁士等。

此时，位于香港西环薄扶林道的学士台、桃李台、青莲台等，几乎汇聚了从各地辗转到此的文化名人，并因此被戏称为"香港的拉丁区"。除了文学界、新闻界的名人之外，香港当时还汇聚了电影界、戏剧界的梅兰芳、胡蝶、蔡楚生等一批明星、导演、演员。

毛泽东曾说过："共产党从诞生之日起，就是同青年学生、知识分子结合在一起的；同样，青年学生、知识分子也只有跟共产党在一起，才能走上正确的道路。"[1] 历史的发展证明了这一点。自中国共产党成立之日起，便以中华民族的独立、解放为己任，重视团结一切可以团结的力量。进步文化人士因其在开启民智上和舆论宣传上的独特作用，是中国近代革命力量中不可忽视的重要组成部分，也因此成为了与共产党休戚相关、血肉相连的特殊战斗群体。面对皖南事变带来的陡然逆转的国共合作局势，为避免进步文化人士遭到国民党顽固派的迫害，组织国统区的文化界人士向香港转移，无疑是中共高层的英明决策和最佳选择。

由于港英政府的"中立"原则，在整个硝烟弥漫、战火纷飞的中国领土上，唯有这块被称作"东方之珠"的弹丸之地，还称得上是个宁静的港湾。随着越来越多的文化人士到来，这座战乱时期的"孤岛天堂"，又成为了中共领导下的又一个新的文化战斗堡垒。

群贤毕至，风云际会，众多的文化精英汇聚香港，在八路军驻港办事处的直接领导下，构建起一条声势浩大的抗日文化战线。鉴于中国共产党历来重视文化统战工作，加上当时香港文化人士大量聚集的有利条件，

---

[1]　毛泽东：《一二·九运动的伟大意义》，《毛泽东文集》（第二卷），人民出版社1993年版，第256页。

1941年5月，廖承志、潘汉年根据中共中央的指示，成立中共香港文化工作委员会（简称"文委"），核心成员为廖承志、潘汉年、夏衍、胡绳、张友渔5人。

1941年年初，由香港市委杨康华负责的大观电影公司，转由八路军驻港办事处连贯领导，先后拍摄和上映了《小广东》《小老虎》《民族的吼声》等抗战影片。同年春，由美术工作者丁聪、黄新波、特伟、胡考、叶浅予、郁风等组成的新美术社，以漫画和木刻的艺术形式创作编印了一大批抗战题材的美术作品，在海外引起了强烈的反响。除此之外，一批进步刊物和报纸纷纷复刊和创刊，有《华商报》《华侨通讯》《抗战大学》；还有金仲华主持的《星岛日报》，乔冠华主笔的《时事晚报》《今日中国》《东惠》；胡愈之、范长江主持的国际新闻社；郁风主编的《耕耘》；张明养主编的《世界知识》；张铁生主编的《青年知识》；马国觅主编的《大地画报》；中国同盟主办的《新闻通讯》，等等。到了1941年6月1日，由周鲸文、端木蕻良主编的大型文学月刊《时代文学》，又在香港创刊面世，一大批在中国文学史上占有重要地位的著名作家如丁玲、冰心、萧军、戴望舒、老舍、茅盾、巴金等，先后成为了《时代文学》的骨干作者……

在这个特殊的时期和特殊的位置上，抗日救亡的宣传活动如火如荼地开展着，这些宣传活动不仅有力地配合了中国在抗日战争和世界反法西斯战争中的作战，还不断地揭露了国民党顽固派分裂中国的阴谋，为组成最广泛的全民族抗日统一战线摇旗呐喊、冲锋陷阵。这股汹涌澎湃的力量，犹如中国共产党直接创建的又一支"新四军"。

日军占领香港后，于1941年12月28日举行了声势浩大的入城仪式。在仪式之前，日军向市民派发了数十万面布制的小太阳旗，强令香港市民参加"欢迎"仪式。"入城式"后，日本占领军司令官酒井隆以代理香港总督的身份，成为香港的临时最高管理者。为迅速控制香港为己所用，酒井隆马上以军政府的名义发布公告，授予军政府发行钞票的权利，并宣布一元军用票的价值等于港币两元，强迫市民在限定时间内到银行兑换军票，违者格杀勿论。

除此之外，所有搬得动的物资，都集中堆放在广场或码头，以便运往其他战场和日本本土。那些一时搬不动的东西，只要贴上"大日本皇军管理"字样的封条，便成了侵略者的资产。与此同时，香港所有的公共汽车、大小卡车都要把"米字旗"刷成"膏药旗"，而香港的饭店、商场、旅馆等企业，日军统统根据需要予以取舍。只要看上了，把一块写有"军搜集部管理"的木牌子往门上一挂，就宣布这里换了"主人"。

1942 年 2 月 20 日，日军香港占领地政府成立，矾谷廉介出任首任港督，结束了军政府统治时期。香港占领地总督，为当时香港最高的行政长官，受日本战时内阁的直辖，总部设在港岛中环的香港汇丰银行大厦，半岛酒店则成为酒井隆的日军司令部。

矾谷廉介政府按照日本的行政管理模式，在香港设立民政部、财政部、交通部、经济部、报道部、管理部、外事部 7 个专门机构，各部门的重要职位，全由日本人担任，在一些中低级或业务性强的部门，聘任了一些中国人和其他外国人。矾谷廉介推行"以华制华"的策略，说白了就是利用中国人来治理中国人，故成立了"华民代表会"和"华民各界协议会"的民间组织，由香港华人名绅罗旭和及周寿臣分别担任会长。

日本为了将香港变成永远的日本殖民地，除了施加政治上的高压和经济上的掠夺外，在文化教育方面，也不遗余力地推行他们的奴化教育，意欲速成"大东亚共荣圈"。

在港日政府的新香港教育方针中，强制推行日语教学，更换日本指定的课本，采用《新生香港》《兴亚进行曲》《从香港到东京》《日本刀》《忠灵塔》等作为小学教材内容，学校的各种典礼强制推行升日本旗、唱日本歌、施日本礼。

在文化宣传方面，日本港府封杀了进步文化人士所办的全部报刊。到了 1942 年 5 月，全港岛只剩下 5 种报纸，汪精卫伪政府控制的《华南日报》是唯一毫发无损的报纸，胡文虎创办的原《星岛日报》，为吻合日本人的要求，改名《香岛日报》，侥幸地躲过一劫。

在娱乐和戏剧方面。香港沦陷前有 38 间戏院，沦陷后大都停业，即使恢复营业后，演出的内容都需经过报道部的严格筛查，日本电影可以大放特放，尤其是取材于日军占领香港，为纪念日军占领一周年拍摄的《香港攻略》，是日占时期放映最多的影片。涉及抗战或抵制列强侵略的中国影片、戏剧则一律禁演，唯有《林则徐》允许播映，因为此片可以激起中国人的抗英情绪，便于日本统治香港。

酒井隆是"中国通"，他对中国的传统文化、地方民俗都有一定的研究，除了能说一口流利的中文外，对中国的文学艺术也粗通一二。报道部是日本掌控香港意识形态和宣传舆论的专门机关，在它成立之前，酒井隆出动了大批特务、宪警调查摸底，并掌握了中国许多一流的文学艺术大家仍然滞留在香港的信息，这些精英若能为其所用，将是建设"大东亚共荣圈"不可多得的人才。这些文化名人和艺术大师在香港被占领后，均表现出宁折不屈的民族气节，不是在中共的协助下逃出香港，转到内地，就是远走海外，绝不为日本侵略者效力。

第二章 秘密大营救

港九沦陷后，数百名爱国民主人士和文化名人，在日寇的铁蹄之下，危在旦夕，命悬一线。党中央、南方局一份份加急电报发往八路军驻香港办事处，东江游击队一支支短枪队挺进港九，共产党人在这个被称为"孤岛天堂"的地方，与日、伪、顽、匪展开了一场争分夺秒的秘密大营救。

一、挺进港九的手枪队

东江抗日游击队是当时中国共产党在东江地区唯一的一支武装力量，组建之初，无论是从人员到装备，都无法与日军展开正面战场的作战。

中共中央和南方局曾一再指示八路军驻香港办事处，希望在与英方的谈判中得到武器援助，并在共同保卫香港的战斗中发展壮大队伍。廖承志曾与杨慕琦的代表多次谈判，虽一度达成了合作意向，但终因杨慕琦的诸多顾虑而没有付诸实施，东江游击队无法大规模公开合法地进入香港。从后续的局势发展来看，这对于港督政府和东江游击队而言，无疑都是一个遗憾。

早在1941年11月间，深圳河一带大兵压境，战云密布，广九铁路、宝太公路、惠深公路沿线共集结了日本的步兵、骑兵、炮兵部队2万余众。战火还没燃起之时，东江游击队曾对日军进行过多次试探性的袭扰。但日军表现出反常的克制，并未作出大规模反击，由此可见，其当时进攻香港的意图已非常明确。

面对迫在眉睫的战争局势，游击队既然不能公开合法地进入港九地区，便只能待港战爆发后随敌而进，开辟敌后战场。12月初，根据粤北省委和东江特委的指示，东江抗日游击队召开紧急会议，专题讨论如何在日军进军香港时，派出武装工作队打进九龙、新界，以期开辟敌后战场。曾生、梁鸿钧、王作尧等主要领导全部参会，会上对游击队入港行动进行了周密部署：第三大队选派蔡国梁、黄冠芳、江水、刘黑仔等渡海进入西贡，向沙田、坑口发展，挺进九龙市郊；第五大队选派出黄高扬、曾鸿文、林冲等组成短枪队插入沙头角，在元朗一带建立据点。进入港九的任务是：（一）深入敌后，打击日伪汉奸及土匪，发展壮大武装力量；（二）收集战场散失的军用物资并设法运回游击队根据地；（三）建立秘密据点，为接下来的文化人转移提供武装保护。①

港战打响的当天，游击队立即行动，曾鸿文带领的小分队越过深圳河，插入新界，直奔元朗。元朗位于新界的西北边，三面环山，一面临海，中间是一片开阔的良田，被称为香港的"小平原"。古时称元朗为"圆塱"，"圆"是完整和丰满的意思，"塱"则是指江边或湖边的低洼地，从这个名字可以看出，旧时的元朗可称得上是一块水土肥沃的宜居之处。由于地理位置接近后海湾，元朗便成了传统的渔农混合地。元朗的十八乡是早年曾鸿文和钟清活动过的地方，他们在当地也有较好的人脉。经过他的宣传发动，很快组成了一支40多人的抗日游击队伍。不久，谭铁流领导的短枪队也奉命来到了元朗，这两支队伍后来发展成为港九独立大队的元朗中队。

在日军进攻香港的当天，第五大队的另一支武装工作队也奉命插入新界。这支队伍有林冲、莫浩波、卢耀康、邓华、李生、叶楚南、黄云生等十五六人。②他们都是深圳宝安一带的客家人，会讲白话、客家话和潮汕话，

① 《港九独立大队史》编写组：《港九独立大队史》，广东人民出版社1989年版，第10—13页。

② 《港九独立大队史》编写组：《港九独立大队史》，广东人民出版社1989年版，第11页。

其中的向导罗汝澄还是新界的当地人，更便于在香港开展活动。

日军突破醉酒湾防线之后，港英守军只得往后撤至九龙城堡。由于兵力不足，撤退时港英当局还把驻地警察、宪兵临时组织起来，协助驻港英军作战。由于警宪的全部撤离，九龙新界的治安陷入一片混乱，随即变成黑恶势力随心所欲的天堂。

12月9日晚，来自九龙各堂口的数十个黑帮大佬在九龙集会，集会的目的是商量划分地盘。他们用抽签的方式，把旺角、深水岗、油麻地、官涌等一带全部瓜分完毕，并约定以白布缠住左臂为标志，口令是"胜利"，这些黑社会分子则被称为"胜利友"。至此，一个比"梅花马""大天二"更疯狂的黑社会组织在九龙横空出世，他们在当时造成的破坏，如同在香港岛上多了一支日本法西斯的队伍。

在失去了正常监管的地区，"胜利友"烧杀抢掠，无恶不作。12月10日凌晨，"胜利友"洗劫了九龙街区的金铺银行，在争夺金铺的钱财时发生一场特大的火拼，一时砍声四起、鲜血如注，其惨烈程度不啻一场短兵相接的搏杀。接着他们又奔向尖沙咀进行新的争夺，各方杀得眼红。在尖沙咀，一大批地痞无赖和亡命之徒纷纷加入"胜利友"的行列，把九龙洗劫一空，所到之处，能抢能带的一律带走，搬不动的便付之一炬。面对"胜利友"的疯狂抢掠，市民惊恐万分，连出门挑水都不敢去。疯狂的"胜利友"很快便无物可抢，随即又生出"代为挑水"的新业务，一担一元，价值相当于当时白米50斤，不管你是否同意交易，直接送水上门，水到收钱。后来又发展出"代客购物"，强行勒索，收取服务费和保护费。

把九龙街区洗劫殆尽之后，"胜利友"又转到城郊乡下。他们背着长枪，挂着短枪，大摇大摆地横行乡里，还到处勾结散兵，伙同土匪打家劫舍、杀猪杀狗、奸淫妇女、勒索行人，搅得鸡犬不宁。村民极度恐慌，四处躲藏，苦不堪言。①

---

① 刘深：《香港大沦陷》，人民日报出版社2013年版，第34—37页。

港九武工队踏入新界之后，目睹了流氓土匪横行霸道的恶行，意识到如果不马上扑灭这股嚣张气焰，民心不稳，武工队的工作将难以展开。

为了狠狠地打击流氓土匪，林冲与罗汝澄小队便开始发动群众，在南涌组织成立了第一个联防队。罗汝澄出生在一个华侨家庭，在当地颇有名望，家中共有兄弟3人，都在抗战初期参加过抗日救亡运动。后来长兄罗雨中留在地方做地下工作，罗汝澄、罗欧锋（鸥锋）则回内地参加了抗日游击队。联防队成立初时，经过他们兄弟的宣传发动，除了罗家本村之外，连南涌、鹿颈等村庄的乡亲都纷纷响应，有钱出钱、有枪出枪，短短几天，一支50多人的联防自卫队便组织起来了，由罗雨中担任队长。这是林冲带领的武装工作队进入沙头角，建立起的第一支武装自卫队，南涌是这支队伍的第一个据点。"胜利友"及其他流氓团伙听闻联防队成立之后，再不敢贸然骚扰乡民百姓。

而黄冠芳带领的另一支武装工作队到达西贡之初，当地的匪患更加严重，土匪先进村抢财物细软，后来连猪连牛都抢，有个农户为保住全家唯一的耕牛，父子俩死死抓住牛绳不肯松手，僵持之中，匪首举起砍刀，一刀把农夫的双手砍了下来。黄冠芳获悉后，马上组织武工队伏击了这股无恶不作的悍匪，并将俘获的匪首进行公审后立即枪毙。有了武工队撑腰，群众很快被发动起来，抗日游击武装也不断发展壮大。[①]

在日寇进入新界之后，埋伏在宝安县阳台山北侧的第五大队副队长周伯明，带领一支短枪队从沙头角进入西贡。12月13日，在三桠村与黄冠芳会合。紧接着其他队伍也相继潜入：蔡国梁率领的武工队进入北潭涌，曾鸿文率队进入了元朗。各路人马进入港九之后，有分有合，为了便于活动，他们没有公开打出东江抗日游击队的旗号，而是以各自的名字命名。黄冠芳打的"冠"字旗号，蔡国梁、曾鸿文、林冲等均以"大哥"命名。但他们在执行任务时，一直强调"三大纪律，八项注意"，并在各个大队建立了

①《港九独立大队史》编写组：《港九独立大队史》，广东人民出版社1989年版，第14页。

党支部。

进入香港之后，各队伍遵照事先计划迅速展开工作，并相继取得极大进展。前后不过 10 天，除成立的短枪队外，还成立了长枪队、民运队等。此时大营救工作还没开始，进入港九的武工队都集中人力抢运散失的武器物资。曾鸿文带领新组建起来的一支短枪队进入原英军阵地，把 10 挺机枪、几十支步枪、一批弹药运回根据地，之后一连几天都忙于抢运粮食、布匹、药品及其他物资。刘黑仔还潜入启德机场，把一桶桶汽油先滚到海边，再用小船偷运出去，送往游击根据地。

黄冠芳、江水率领的武工队则从沙田、九龙山地一直到香港仔、筲箕湾等地，一路收集散落在民间的枪支弹药。当从李健行的口里获悉，牛头角海面和宋皇台山坑里各有一挺英军溃退时丢下的机关枪时，黄冠芳、江水立即来了劲，无论如何也得想办法把机枪"偷"出来，在艰苦的战争年代，又是在游击队的初建时期，一挺机枪是一件极为贵重的重武器！

牛头角海面靠近启德机场，附近设有敌人岗哨，黄冠芳派人化装成拾海螺的村民来到海边，果然发现了机枪。他们用一根绳子，一头缠在脚上，一头捆着机枪，一面佯装拾海螺，一面拖着机枪行走，一直把机枪拖到敌哨的视线之外，才迅速搬到岸上。宋皇台山坑里的那一挺机枪就更加难"偷"，因为山坑有座小桥，桥头有敌人岗哨，即便是取到了机枪也只有通过木桥才能运出去。黄冠芳他们想了很多办法，最后在附近菜农的帮助下，趁着夜色先用绳索吊起机枪藏在菜地里，然后装进棺材才偷运出来。①

抢运武器物资是一场争夺战，在这场争夺战中，港九独立大队共收集到轻重机枪 30 多挺，步枪数百支，冲锋枪、英式步枪、驳壳枪、左轮手枪、手榴弹等一大批，大大地缓解了东江抗日游击队枪弹紧缺的问题。

更重要的是，在抢运武器物资过程中，还开辟了 3 条交通运输线：一条从元朗进入宝安、白石龙，一条从水路经西贡过大鹏湾至盐田、坪山，

---

① 《港九独立大队史》编写组：《港九独立大队史》，广东人民出版社 1989 年版，第 15 页。

一条从陆地经沙头角到淡水、惠阳。①这 3 条交通线在接下来的抢救文化人的大行动中，发挥了重要作用。

二、来自延安的紧急电报

中共中央、南方局一直在密切关注着香港局势。港战爆发前后，一份份加急电报从延安、重庆曾家岩发往八路军驻港办事处。

南方局书记周恩来在港战爆发之前，就已开始着手对香港大营救工作做出部署。这是有关营救工作的第一份电报（电报发出时间是 1942 年 12 月上旬）：

（一）太平洋战争爆发，香港将成死港，香港的朋友如有可能，请先至澳门转广州湾，或先赴广州湾后集中桂林。

（二）请即刻派熊子民往桂林告梅龚彬、胡西民，并转在柳州的左洪涛，以便招待。

（三）政治人物可留桂林，文化界可先到桂林，《新华日报》出去的人（如戈宝权、张企程等）可来重庆；戏剧界的朋友可要夏衍组织一旅行团转赴西南各地，暂不来重庆。

（四）极少数朋友也可去马来亚，但这要看香港的交通条件，恐不可能。上海、马尼拉已不可能。

（五）少数部分能留者尽量留，但必须符合秘密条件，宁缺毋滥，必须估计日军占领香港后能存在。上海必为日军全部占领，饮冰能存在否，请考虑。

（六）汉年部分，想已有妥当布置。

（七）港中存款全部提出，一切疏散及帮助朋友的费用，均由你们三人会议决定动用，存款共多少望告。

---

① 《港九独立大队史》编写组：《港九独立大队史》，广东人民出版社 1989 年版，第 17 页。

（八）承志如欲与港英政府见面，并得令保证与他们一同撤退，可留港到最后再走。海南岛事应该与他们立即确定。如港政府派军护送人物及军火至海南岛，则可送一批人去，并进行破坏日机场和仓库交通线。

（九）孙、廖两夫人及柳亚子、邹韬奋、梁漱溟等，望帮助她（他）们离港。①

上述电报里所说的三人会议中的三人，即是八路军驻港办事处的廖承志、潘汉年、刘少文。当时延安或重庆发往香港的指示，都是由负责情报工作的潘汉年和刘少文，保持着与南方局的联系以收转。

到 12 月 7 日，太平洋战争爆发前夕，周恩来曾先后两次急电廖承志等中共在港领导人，明确要他们迅速做好应变准备，全力将因遭受国民党当局政治迫害、寓居香港的民主人士和文化界人士抢救出来。

12 月 8 日，太平洋战争爆发的当天，中共中央书记处再次向香港发来急电：我对英美政府应建立广泛和真诚的反日反德的统一战线；香港文化界人士和党的工作人员应向南洋及东江撤退。②

12 月 9 日，周恩来再次发来两份急电，其中一份电报作出指示：除了去广州湾、东江以外，马来亚亦可去一些，如能去琼崖与东江游击队更好；不能留下隐蔽，也不能南去又不能去游击队的人员，即转入内地先到桂林。在另一份电报中，周恩来连续问道：港中文化界朋友如何处置？能否有一部分人隐蔽？与曾生部及海南岛能否联系？③

12 月 10 日，周恩来又从重庆发来"特急电报"：

特急，香港沦陷后，在港文化人士和爱国人士面对被杀害的危险，即请廖、潘、刘派人协助宋庆龄、何香凝、柳亚子、邹韬奋、梁漱溟等文化界知

---

① 刘中国、余俊杰等：《白石龙大营救文献》，花城出版社 2015 年版，第 36 页。
② 茆贵鸣：《情注香江——廖承志与香港》，作家出版社 2008 年版，第 176 页。
③ 黄秋耘、夏衍、廖沫沙等：《秘密大营救》，解放军出版社 1986 年版，第 2 页。

名人士离港,隐蔽集中澳门,经广州湾,由武装保卫进入东江游击区,转赴内地。我估计上述人员约三百余人,任务繁重,务请努力,至嘱盼复。[①]

在周恩来第一份电报发来之际,中共南方工作委员会也正在香港开会。会议由八路军驻港办事处主任廖承志主持,参加会议的有南委副书记张文彬、东江游击队政委尹林平、粤南省委书记梁广、香港市委书记杨康华以及中共派驻香港的潘汉年、连贯、刘少文、李少石、刘晓等人。这次会议的主题,是专门研究当日美谈判破裂之后,如何采取应变措施,尽快地把散居在香港岛、九龙、新界等地的民主人士和文化界人士转移出去。

在当时的形势下,中共的广东地方党组织,为适应环境和利于开展工作,时隐时现、时分时合。广东省内因为工作需要就设有粤南省委和粤北省委,而在东江地区又分有前东江特委和后东江特委。为了加强党的统一领导,高度一致地开展营救工作,在这次会议中,还成立了一个大营救的临时机构——港九疏散委员会。核心成员包括廖承志、尹林平、张文彬、连贯、梁广、杨康华、刘少文、李少石、夏衍、张友渔等人。

多年来,中共的党史专家和参与营救的老一辈革命家的回忆录中,鲜有提到这个临时组织,甚至有人质疑当年的大营救中有没有这样的一个"疏散委员会"的临时机构存在。《白石龙大营救始末》一书在引用1942年2月27日,张文彬、尹林平给中共中央并周恩来的一份电报中,从中央的回电中可以证明这个临时组织是存在的,电报云:

文彬、林平报中央并恩来同志:

据港九疏散委员会来函:

(一)在港营救内外干部业已完成,但国际友人爱浦斯廷,因营救者杨刚(女)未能尽责,致未能救出,已入集中营现仍在设法中。

---

① 王国梁:《大营救》,花城出版社2014年版,第7页。

（二）夏衍等离港后尚未能进入内地，亦无法去广州湾，颇为难，但港方亦无法。[①]

从这份电文中既可以看到当年抢救工作的困难重重，同时，也可佐证确有一个"港九疏散委员会"的临时组织机构存在，这个临时领导机构在整个大营救工作中起到了统一部署、协调指挥的核心作用。

港九疏散委员会成立之后，核心领导成员在开展营救工作之前，在港多次秘密集会商量谋划，对接下来的具体营救工作，做了全面布置和明确分工：

廖承志、连贯、乔冠华争取尽快离港，前往东江游击区，沿惠阳、淡水、惠州、老隆、韶关沿线考察布置秘密交通站；张文彬、尹林平、杨康华负责九龙至白石龙及东江沿线武装保送工作；刘少文、梁广留守港九，负责港九文化人的联络集中及港九交通站的工作。

对于撤退线路，也做了大致的安排：

水路：从香港—长洲岛—澳门—中山—台山—广州湾（湛江）—桂林；另一路由香港—长洲岛—海陆丰—马官—转惠阳或汕尾。

陆路：香港—荃湾—元朗—白石龙—坪山—淡水、秋长—惠州—老隆—韶关—再转内地；另一路：九龙—西贡—沙鱼涌—坪山—惠阳茶园—惠州—老隆—韶关—桂林。[②]

从当时的粤、港、澳局势来看，无论是走水路还是陆路，走东线或是走西线，都面临着极大的危险。由于日军控制了船只，陆路上也频设关卡，经过多方面综合考虑，在最后实施的营救过程中，大多还是选择了从东江水陆兼程转移这一路。廖承志心里清楚，虽然300里东江这一路，日、伪、顽、匪最多，关卡重重，线路最为复杂，但有利的条件也不少：一是沿路

① 余俊杰、刘中国：《白石龙大营救始末》，花城出版社2015年版，第142页。
② 余俊杰、刘中国：《白石龙大营救始末》，花城出版社2015年版，第147页；《中国共产党东江地方史》编纂委员会：《中国共产党东江地方史》，广东人民出版社2001年版，第327—331页。

有健全的地方党组织，二是有东江游击队的武装力量，三是有良好的统战基础及群众基础。综上考虑，大家一致认为，要把东江转移当成大营救的主要线路。

港九疏散委员会还认为，要保证这条线路的绝对安全，就必须重新建立沿途的秘密交通站和接待站。尹林平在会上对大家说，为了建立这些交通站，东江特委早在港战爆发前，就已发出紧急指示，宝安、坪山、惠阳沿线的地方党组织也发动起来，全部紧张地投入工作。廖承志、张文彬非常满意，最后大家又商量了长洲岛和澳门的秘密接待问题，梁广说已与澳门的地下党负责人柯麟、柯正平联系上，他们正在紧张地布置工作，至于长洲岛则由潘柱前去落实，陈小秋的大中华酒店也设一联络点。廖承志最后决定，大家按照各自分工从速行动。除留港人员外，张文彬、尹林平在会后先于港九布置交通护送，再去宝安部署东江沿线的武装保护。连贯、乔冠华协助刘少文尽快联络并集中爱国民主人士和文化名人，力争在月底撤离香港，元旦前后在惠阳游击区与张文彬、尹林平会面后，再去惠阳、老隆、韶关国统区检查落实交通站情况，安排秘密接应。

乔冠华当时还不是疏散委员会的核心成员。廖承志这次让乔冠华随行前往东江打前站，主要基于两点考虑：一是考虑他在香港公开活动多，经常在报刊上发表国际时评，社会影响大，日本人已把他列入搜捕的黑名单；另一个重要的原因，则是他和在韶关余汉谋部任要职的赵一肩是留德同学，回国后他们曾同在余汉谋手下共过事，对粤北情况较为熟悉。廖承志要他借助赵一肩与余汉谋的关系，在韶关建立秘密交通站，完成文化人士从老隆转往桂林的重要中转，这也是在广东境内的最后一站。

三、营救前的艰难搜寻

营救工作的前提，首先得找到营救对象。对于滞留在港的爱国民主人士和文化人士，要把他们送出香港，需要"三度转移"。在日军进攻九龙时，居住在九龙、新界的文化人士，便被转移到了港岛。港岛沦陷之后，又要把分散在岛内各处的文化人士集中起来，秘密偷渡过海，安排在九龙或西贡的交通站内，然后再伺机护送出港。单是联络失散的文化人，一样是危机四伏，困难重重。刘少文当时掌握着唯一的电台，既须保持与中央的联系请示，又要向港九疏散委员会的成员传达中央或南方局的指示，还要负责滞港人士的联络集中和转移工作，一点也不轻松。

刘少文原名刘国章，河南信阳人，1925 年加入中国共产党，同年派赴莫斯科中山大学学习，在读期间就担任年级党支部书记，可谓是党内的老资格。他谙熟俄语，为后来从事共产国际的联络工作带来极大便利。1936 年西安事变后，刘少文长时间在白区从事地下工作，七七事变后，调八路军上海办事处工作，是李克农、潘汉年先后两任主任的得力助手。他曾在上海沦陷前，协助潘汉年安全转移郭沫若、沙千里、沈钧儒、胡子婴、邹韬奋等著名人士。潘汉年调出上海后，刘少文接替潘任八路军驻沪办事处主任。

由于刘少文具有丰富的情报和统战工作经验，1940 年 7 月，刘少文由南方局派往香港，任中共港澳工作委员会委员兼中共交通处港澳办事处处长，负责交通联络机要、电台和经费工作，除保持同上海、韶关、桂林、海南岛各地的联系外，还与海外一些地区建立了秘密交通联系。在这期间，协助潘汉年建立了多个秘密情报站。

时任粤南省委书记的梁广，是党组织分工与刘少文留港、共同负责港岛内营救工作的。梁广原名梁霖广，广东新兴人，早年曾在香港九龙造船厂做工。15 岁时加入"船艺工会"参加省港大罢工，1927 年 4 月加入中国共产党，当时正值四一二反革命政变高潮之际。1940 年广东成立粤北、粤南省委，梁广任粤南省委书记，省委机关设在九龙。1941 年 12 月，香港沦陷后，梁广、潘柱（潘静安）、黄施民、张振楠等 30 多位党员留在香港坚持斗争。如今他就要依靠这些党员，在日本鬼子的严密封锁下，想方设法把民主人士和文化人士一一找齐，再把他们集中到安全地点，安排好生活，然后准备船只，瞅准时机将他们全部送出香港。

梁广一方面通过刘少文提供的文化人士的姓名、地址或照片进行排查、探访，一方面又安排熟悉港情的黄施民、潘柱、陈文汉等人进行分别行动。黄施民是香港当地人，又是香港市委委员，熟悉香港的大街小巷；潘柱原来便在刘少文手下工作，有情报和特工工作经验；陈文汉是摩托车工会的负责人，经常与产业工人打交道，在香港的熟人特别多；梁广自己早年也在香港从事地下工作，对当地的情况并不陌生。

即使是这样，那么多的抢救对象，在战乱中四散躲避，大都隐藏了起来。偌大的香港，人海茫茫，要找齐他们真就像大海里捞针那样艰难。梁广的联络集中工作，一开始便陷入了诸般困境：一是因为要联系的对象居无定所，刘少文提供的住址基本是人去楼空，经常无功而返；二是许多地下党员没见过那些文化人，即使是面对面碰到也不一定认识；三是日本宪兵和特务也派人四处打探民主人士和文化人士的消息，由于真假难辨，文化人士不敢贸然露脸。

梁广凭着十余年的地下工作经验，觉得找文化人还得通过文化人入手，先以重要营救对象为突破口，特别是何香凝、柳亚子、邹韬奋、梁漱溟等人，只要打开缺口，顺藤摸瓜就可扯出一串串来。此时的刘少文向梁广通报了一个重要信息，杨刚去探望萧红时，柳亚子也在前一天去过，估计柳亚子、邹韬奋等都还在九龙。梁广通过刘少文的一个老关系，在《大公报》馆默默地守了两天，好不容易联系上了范长江，然后通过范长江，终于找到了重点营救对象——邹韬奋。

在当时，邹韬奋已先后搬了6次家，最后是在九龙弥敦道尖沙咀30号4楼找到的。范长江离邹韬奋居所相隔不远，考虑到他们的安全，梁广先把他们从九龙转移到香港岛，在海边的小旅馆里住了一夜。第二天又搬到金仲华家里，几天后再派杨潮（羊枣）安排他们暂居于永安街16号，同住在一起的还有《光明报》主笔俞颂华。随后的一段时间，为躲避日本法西斯的魔爪，党组织不断地帮他们变换住所，一度住过西餐厅和贫民窟。

其他营救对象也都在转出港岛前，经历过多番周折：茅盾夫妇先后转移了 4 次；而南社诗人柳亚子战前居于九龙柯士甸道 107 号"羿楼"，九龙陷落后即把他们一家 8 口连夜乘小船偷渡到港岛。柳亚子曾作有《十二月九日寇突袭香港，晨从九龙渡海而作》，诗中非常真实地描述了他的渡海情景：

> 芦中亡士气犹哗，一叶扁舟逐浪花。
> 匝岁羁魂宋台石，连宵乡梦洞庭茶。
> 轰轰炮火惩倭寇，落落乾坤复汉家。
> 挈妇将雏宁失计？红妆季布更清华。

与柳亚子同船偷渡的刘清扬等人转到香港岛后，暂居西摩道"保卫中国同盟"本部；何香凝一家祖孙三代也在同盟本部，由于人数太多，大家都是挤在地板上过夜。

潘柱、黄施民、陈文汉几人的工作刚开始也是举步维艰，后来在刘少文、梁广的指导下，马上改变工作思路。他们先找到了张友渔和徐伯昕，在他俩的协助下，也很快打开了局面。潘柱他们从小在香港长大，道路又熟悉，凭着张友渔和徐伯昕提供的地址或亲笔信，每次都能联系上一些同志，甚至有些连张友渔都认为难以寻找的对象也都找到了。经过一段时间的努力，很快便把在香港的文化人士和民主人士串联起来，并做好了随时出发的准备。

在大转移开始前，为了保证转移对象的安全，刘少文、梁广要求他们暂时不要出门，每天需要的粮食和蔬菜由潘柱派人送去。香港沦陷后，粮食奇缺，大米实行定量供应，有"良民证"的人每天只供应 4 两（旧制 16 两等于 1 斤）大米。集中起来的文化人士和民主人士很多，其基本生活需要得到保障，地下党组织便发动党员节约粮食，同时还筹集了一些钱，到黑市上购买粮食，余下的留给他们作为旅费。

香港陷落后，八路军驻港办事处没有了办公的地方。潘柱根据廖承志、刘少文的部署，很快在港岛湾仔骆克道找到了一座小楼，作为营救工作临

时指挥所，这也是联络文化人士的秘密据点。这座房子的业主是一个米商的姨太太，潘柱特意找来了一个"保姆"，与八路军驻港办事处的张淑母女一起，装扮成一家亲戚住进了2楼。这个联络点还有一个好处就是，日本人在这栋洋房门口贴有一张"日本皇军"的通告，通告写着"香港攻略之夕，前进指挥官驻足此家"，原来这曾是日军进军香港之时，前进指挥官的临时住所。正是这张完整盖着日军大红印章的通告，使中共地下工作者在联络文化人士时，拥有了一张"护身符"。

四、封锁线中寻出路

毕打街南起皇后大道中，经德辅道中至干诺道中，穿越了香港岛的中心地带。沦陷前，钟楼、酒店、洋行、大厦将它衬托得繁华无比。沦陷后，取而代之的电网、岗亭、军犬、警笛，营造出一派肃杀的阴森气氛。日军举行"入城式"后的第二天，位于毕打街钟楼附近的香港大酒店，挂出一块巨幅的幕布，上书四个黑色大字："兴亚机关"。

香港大酒店的对面则是香港渣甸洋行，该洋行是老牌英资洋行，此时也被日军征用。洋行的门楣上同样悬挂着两条白布横幅，一块是"大日本军民政部"，另一块是"香港疏散归乡询问处"。兴亚机关是日本对华殖民机构兴亚院的派出机关，主要负责对香港各种物资的生产、销售实施严厉的管制，凡在香港的工商企业，未经其批准，不得变更或移动。同时还负责占领地的经济、军事情报工作。

为了尽快推行军政府的全面统治，日军全面封锁了港九的铁路、公路、轮船码头、车站及交通要道，强令在港的民主人士和文化名人，限期到"大日本军民政部"报名登记，违者一律逮捕或枪杀。日本南支那派遣军的特务机关，全称叫做"大东亚共荣圈服务所"，文化特务头子禾久田幸助派人四处活动搜索。他们掌握了在港的"文艺界抗敌协会"及数十个抗日社团的主要成员名单，开始是在港岛的报纸登出寻人启事，公开点名要"邹韬奋、茅盾等参加大东亚共荣圈建设"，接着又在各大戏院门前打出幻灯广告：请梅兰芳、蔡楚生、司徒慧敏等先生到九龙半岛酒店会晤。

与此同时，日本人还集中宪警，搜捕在港的抗日分子和反法西斯同盟的国际友人。自全面抗战爆发到香港沦陷之前，香港由于其特殊地位成为抗战爱国人士的重要活动和聚集地。日军占领香港之后，坚持抗日斗争的在港华人依靠对当地的熟悉，以及此前在港发展保持的各方关系，在中共香港地下组织的宣传带动下，不断同日寇进行着斗争，并使得香港的反日情绪日益高涨，反法西斯联盟活动也是此起彼伏。

为了隔断香港反日、反法西斯人士之间的联系，抓捕爱国民主人士和文化人士，日军增加了许多岗哨关卡，在夜间实行宵禁，并在各区各所，分段分街进行户籍登记和挨户搜查，并试图借疏散遣返回乡的时机，把他们一并抓获。如此情况下，港九情势的严峻，爱国民主人士和文化人士的处境之危险，便可想而知。

"香港疏散归乡询问处"是民政部下属的另一个职能机关。在卢沟桥事变之前，香港总人口不足百万。卢沟桥事变之后，日寇到处烧杀抢掠，战火纷飞中的中华大地上生灵涂炭，百姓流离失所。为躲避战乱、谋求生计，许多人辗转到了香港。国民党政府的官员家属、内地富商巨贾也纷纷逃往香港。短短的几年时间，香港的人口从 100 万猛增到 170 万人，最高峰时达到了 190 万，极速增加的人口致使香港的粮食及物资供应十分紧缺。

日军侵占香港后，因把大部分的存粮调作军粮，香港一时物价暴涨，粮食短缺。日占政府为了缓解这一压力，由民政部成立"归乡指导委员会"并下设一个"递解部"来专门执行"归乡政策"。[①] 所谓"归乡"，说到底就是强迫大量难民回到内地。把"大东亚共荣圈服务所"和"递解部"放在一起合署办公，这是日本欲达到长期霸占香港，实施的"一箭双雕"的阴谋：一可以通过驱逐难民出境缓解香港的城市压力，便于治安和管理；二可以通过

---

① 　余俊杰、刘中国：《白石龙大营救始末》，花城出版社 2015 年版，第 157 页。

"回乡证"的办理，搜查抓捕不愿为日本政府效力的爱国民主人士和文化界人士。对于日本人走的这一步棋，廖承志、张文彬都看得一清二楚。也正是这个疏散遣返回乡的行动，给抢救文化名人提供了一个大好机遇。

此时，在九龙长沙湾道的一座普通民房里，尹林平在房间内不停来回地走动。"兴亚机关"的行动，逼迫他刻不容缓地考虑下一步的营救工作。尹林平1908年出生于江西兴国，又名林平，早年参加革命。1937年7月调来南临委任工委委员，南临委改组成南方工委时，张文彬任书记，尹林平任武装部部长兼外县工委书记。中共广东省委成立后张文彬任书记，尹林平任省委常委兼军委书记，1940年7月广东省委组建东江前特委，尹林平任书记并兼曾生、王作尧两部政治委员。他在反复地思考，如何利用日军的遣返疏散的机会，尽快把滞留在港的文化人士转到东江游击区。他一方面考虑港九地区的秘密交通站和武装护送工作，一方面又想着如何尽快地与廖承志、张文彬接上头。尹林平叫来李健行和何鼎华，要他俩立即回去香港一趟，找相关人员商量，想尽办法，争取在3天之内打通港九海上交通线。李健行深感责任重大，这实在是一项无比艰巨的工作，但李健行没有退缩，而只向尹林平提出一个要求，把与他在香港长期搭档的廖安祥派来，协同完成这一艰巨的任务。

廖安祥是梅州客家人，在香港工作时间长，又是八路军驻港办事处的交通员，公开身份是香港东利运输公司的业务主管，见识多、人缘广，办事雷厉风行，机智灵活。尹林平答应了他的要求，并把一封密信交给李健行，告知去港后要联系的地址、暗号和返回九龙时的接头地点。第二天清早，李健行与廖安祥就一起出发，他们沿着深水埗的海边堤岸从西走到东，一边寻找过渡船只，一边侦察日军对海岸的封锁情况。

令他俩深感为难的是，海边日军岗哨林立，街边用沙包堆起的临时掩体架着机关枪，一队队日本兵端着明晃晃的刺刀，来回穿街过巷例行巡逻；而在海上，几艘日军的巡逻快艇不停地来回穿梭，往常在海边用以载客和货运的艇船早已没了踪影。看到这一情形，自知再往前走也难以找到过海渡船。他们只好折转往西，一直走到了红磡码头，颇费了一番周折，才找到了一只由香港黑社会把持的小船，答应送他们过海去港岛。

没想到，廖安祥和李健行刚上船，日军的巡逻快艇马上就追了过来，一边鸣枪一边喝令停船检查。子弹不断地从船边飞过，被迫停下的小船被日本巡逻艇控制住。日本兵端着刺刀一边叫骂着"八格牙路"，一边登上船来，对船上的每个人进行搜身检查。李健行见此情形，赶快把尹林平的密信偷偷地放进嘴里吞了下去。搜查完后，日军没搜出什么，便把小船上的乘客全部赶到一块露出水面的礁石上，巡逻艇则拖着小船扬长而去。李健行和廖安祥此时知道，日本人要封锁海域，没收所有船只，接下来的海上偷渡更艰难了。他们好不容易等到天黑，才呼叫到一条经过的黑船，总算来到了香港岛。

在铜锣湾上岸之后，李健行与廖安祥约好汇合地点，就各自分开了。廖安祥去了避风塘，李健行按照尹林平交代的接头地址来到了跑马地一幢二层的洋房里。对上暗号进屋之后，竟见到了南委副书记张文彬，原来他早已在此等候了。李健行把尹林平交代的任务以及海上碰到日军巡逻艇的情况做了详细汇报。张文彬听完了汇报，自知偷渡出港必将困难重重。香港岛与九龙之间隔着大海，铜锣湾既是一道难过的关卡，也是必经的唯一通道。如今当务之急是想办法把廖承志、连贯、乔冠华他们送出去，只有他们安全出了香港，东江地区的沿线工作才好布置接应。而现在三五个人的偷渡就如此艰难，接下来的大队人马如何顺利通过？看来不但是陆路上的地下交通站，海上交通站的建立也是迫在眉睫的事情。

随后赶到的尹林平已经知道了海上封锁的情况，他命令李健行立即回去铜锣湾避风塘，去船上与连贯会面。他交代说避风塘岸边泊有一种叫"大眼鸡"（船头画有两只眼，形似鸡眼）的大驳船，香港地下党组织拟在此设立秘密联络点，这条船的老板叫刘永福。说起刘永福，李健行自是非常熟悉，他是廖安祥公司的老雇主，也是李建行的好朋友。当李健行赶到"大眼鸡"时，连贯、廖安祥已经先到了这里。这天晚上他们都住在大驳船上，

一边研究如何护送廖承志等人先出港的方案，一边商量着建立港九岛内交通站的事。

五、牛池湾和"不夜天"

在港岛对岸九龙塘的黄冠芳也接到了尹林平、曾生安排的紧急任务，此时的他正在为接港路线苦思冥想：大营救工作马上就要全面开始了，而他还在为走出九龙的几道关卡伤脑筋。他的手枪队负责港九一带的武装护送，如果不打通这几道关卡，别说他的手枪队，就是把东江抗日游击队全部调来，也难以安全冲过日军的重重封锁。所幸他算是半个九龙人，祖母就是九龙城郊沙园地人，他对这一带的地方非常熟悉，这也正是尹林平、曾生当初派他回来组建短枪队的原因。

港战爆发之初，他只带了6位便衣回来，但这几位都是经过他精心挑选过的游击战士。他们大都是本地人，既会客家话又能讲粤语，枪法又好，都是些机警灵活、有勇有谋的小伙子。为了便于展开工作，黄冠芳在九龙城租了个铺位，在"刘庆记"老板的协助下，成立了一个搬运队，雇请了下元岭、牛池湾的几个当地人，以做搬运生意为掩护开展工作。由于他在这一带曾经活动过，祖母在当地又有许多亲戚，开始便打着"黄大哥"的名号与当地的三教九流打交道，并很快组成了一支小有规模的武装队伍，深入侦察日军的布防情况和活动规律。今要走出香港，九龙渡口和牛池湾关卡都是必经之地，这也是从港九之内抢救文化人出港最难迈过的一道坎。

九龙渡口是香港岛、九龙之间的过海渡口，日军占领之后将整个海域都封锁了起来，唯有此渡口可过船行人；而牛池湾靠近启德机场，日军除了派出宪兵队把守，还设置了电网、岗哨和巡逻队，防范更是严密。

黄冠芳曾多次派江水专门去侦察过牛池湾的情况。江水本是个天不怕地不怕的骁勇战士，在侦察过后也为这个卡哨感到头疼。首先，这个卡哨由日本宪兵队队长野间贤之助直接掌握，这个日本宪兵队队长嗅觉非常灵敏，下手更是狠毒，在此经过的可疑人员大都难逃魔掌。其次，这个卡哨除了配备了一个日军的宪兵班，还安排了一个叫黄佐治的汉奸带着一个密探小组协助把守。日本人大多不通汉语，有时候过关盘问还容易糊弄，但密探组的人大都是本地人，且都是多年在香港码头混饭吃的小混混，生人一般很难逃过他们的眼睛。

好在天无绝人之路，通过队员们的一番辛苦打探，困囿的局面也是很快出现了转机。江水在第二次侦察时，打听到黄佐治手下有个密探组长，名叫邱金仔，是惠阳坪山的客家人。邱金仔早年来到九龙，曾在港英政府治下的警署当差，家住九龙城外的打锡街上。黄冠芳得知这条重要线索之后，顿时眼前一亮，连连拍手叫好。他打算亲自上门拜访邱金仔，只有想办法争取邱金仔，才能打通这条封锁线。黄冠芳说干就干，当晚就摸清了邱金仔的详细住址，第二天就熟门熟路地找到了邱金仔的家。听说黄冠芳是坪山老乡，邱金仔很是客气，还给黄冠芳冲了一碗糖水。黄冠芳喝着糖水，说了一些家乡的情况，突然问了一句："你不是坪山人吧？""谁说我不是坪山人！"邱金仔赶忙争辩。黄冠芳故意激他一句："我们坪山乡里人说你给日本人做事，都不承认你了。"听了黄冠芳的话，邱金仔有点尴尬地解释道："没良心的事我邱某绝对不干，只是想搵碗饭吃。"[①]

通过这一次的冒昧造访，以及黄冠芳动情晓理的耐心劝说，这位惠阳的老乡答应与黄冠芳"暗度陈仓"。临别时，黄冠芳向邱金仔坦陈道："我是西贡那边过来的（指自己是游击队），以后要在你的地盘活动，如果你还认老乡的话，我这条性命就交给老兄。日本人有什么行动，请及时通知一声。"邱金仔点点头。有了邱金仔的这条内线，给接下来的营救工作提供了极大的方便。

牛池湾关卡有了眼线之后，黄冠芳开始考虑九龙至西贡的联络站。从九龙至西贡有数十公里，途中还要翻过九龙坳连绵起伏的九龙峰，路况相

---

① 廖承志：《胜利大营救》，解放军出版社1999年版，第87页。

当复杂。若没有一处安稳的落脚点，从东线转移的安全就难以保证。黄冠芳带着几个便衣游击队员，在九龙至西贡的路段上往返走了好几趟，一路上勘察路况、侦察社情。走累了的黄冠芳几个在一间叫"不夜天"的茶馆歇脚。这是一幢两层小楼，位于西贡区的中心街区，往左是通往九龙的大马路，往右不远是海边码头。店家把房子隔成两屋，楼上住人待客，楼下茶座店面。

此地是香港难民疏散逃难的主要线路，过路的人多有在此歇脚。因为人来人往，通宵营业，人们便给它起了个"不夜天"茶座的名字。黄冠芳觉得这茶馆很合适做联络站，后来一打听，竟还是自己女友亲戚开的。黄冠芳女友叫张婉华，店老板叫胡有，是张婉华的姐夫。胡有是香港本地人，原在九龙城太子道开了一间"远香士多"店。九龙城沦陷后，日本侵略军三番五次的搜查抢掠，商铺纷纷关门，胡有的店也开不下去了。没有了生活来源的胡有，便来到西贡圩，在街边重新开了间茶室，经营咖啡、茶点、面包小食等。

黄冠芳了解到这一情况之后，立即找来地下党员方觉魂，由方觉魂代表党组织找张婉华布置任务，要她尽快在"不夜天"设立一个秘密交通站。张婉华原在九龙城雪立女子中学的小学部教书，与黄冠芳从相识到相恋，在黄冠芳和学校地下党的影响下，她也参加了抗日救亡活动。日本鬼子打进来之后，学校停课，名下的书局也遭关闭。失业的张婉华迫于生计做起了挑担小贩。方觉魂见到张婉华后，传达了黄冠芳的指示，并告知她马上就要开始大营救工作了，"不夜天"很适合做转移时的联络点。今想将"不夜天"辟做一个地下交通站，需要她以茶座招待员的身份为掩护，从事地下情报接送工作。

张婉华听后，二话不说，即找到她姐夫胡有商量。她对胡有说："姐夫，看你忙得没日没夜，人手又少，我挑担去乡下的生意也不好做，干脆来你这帮手好了，招待客人，采购茶点，这些事我都能做。"胡有开业时只雇了一个叫叶仔的伙计帮手，里里外外都得靠自己张罗，人多时经常是忙得团团转，今听小姨子主动要求帮忙，胡有一口答应，张婉华便成为了"不夜天"茶座的招待员。

张婉华受黄冠芳和蔡国梁的直接领导。她当时的主要任务是与香港地下党员李生联系，并把李生交接的情报转送黄冠芳或游击队；同时负责九龙与西贡之间的交通，组织上在九龙城安排了两人与张婉华接头，一位是刘庆记织布厂的李健行，另一位是戴发，都是香港的老地下党员。

为了便于活动和及时地送出情报，张婉华主动地把店里的外采工作揽了下来。起初，姐夫胡有还不放心让小姨子去干这些男人干的事。因为战乱年月，单独一人挑挑担担，对一个女人来说十分不安全。但张婉华机警灵活，又人熟地熟，只走了一两趟后就让她姐夫十分放心。

外出时，张婉华经常是身穿黑布衫，头戴布凉帽，脚穿人字草鞋，打扮成一个客家乡下妇女，挑着两个箩筐来往于九龙和西贡之间。碰到有日本兵巡逻检查，她就混在难民中，能躲就躲，躲不开便任其盘问检查，而且早就准备好了一套应对盘查的说辞。有时有汉奸陪着日本鬼子检查盘问得特别详细：哪里人？去干什么？挑的什么东西？到哪里去卖？寻常人在如此盘问下难免惊慌失措，但张婉华却镇定自若，对答如流，敌人看不出破绽，除了被勒索过一些货物，每回都是有惊无险，安全过关。通过张婉华提供的信息以及"不夜天"的有利掩护，被困在港的爱国民主人士和文化人士不断被成功转移出去。

1942年春节前，是转移文化人士秘密出港的高峰时期。黄冠芳、江水、叶凤生、刘黑仔等游击队领导来到"不夜天"茶座，躲在二楼秘密开会商量。因为此时已通过这条交通线转出了好几批文化人士，日军也嗅到了香港、九龙、西贡一线有共产党人设立的秘密交通线，开始加强对九龙至西贡的沿线检查，沿途增设了很多卡哨，严密盘查过往行人。此外，各个卡哨还像牛池湾一样，在每一个卡哨里，除了有日本军警之外，还增派伪军和汉奸，非常难对付。针对这一新的情况，地下党为保险起见，便又在"不夜天"附近增设了另一个秘密交通站。

六、驶向沙鱼涌

1941年12月底，廖承志与连贯匆匆来到湾仔骆克道的临时办事处，找刘少文、尹林平等商量如何组织营救工作。廖承志刚刚坐下，刘少文即把南洋的局势向大家报告。据梁上苑发来的电报，侵略者的"南进"计划果然神速，日军在袭击珍珠港、攻占香港的同时，又大举进攻马来亚、新加坡、菲律宾等国。按周恩来原来的计划，安排部分民主人士和文化人士撤至南洋已不可能了，非但如此，当务之急是要把战前驻留和派往南洋的人员迅速撤回来。廖承志粗略一算就有胡愈之、郁达夫、王任叔（巴人）、林林、刘思慕、张尔华、黄南君，以及香港八路军办事处派去的梁上苑，重庆新华社派出的张企程等几十人。

正在大家商量南洋撤退方案，汇总在港的文化人士人数，布置分批转移及武装护送的细节时，廖安祥火急火燎地跑了进来。只见他满头大汗，气喘吁吁，一进门便交给尹林平一个沉甸甸的大信封。尹林平打开一看，原来是地下情报人员陈曼云通过日本特务搞来的一大沓过海通行证。里面还夹有一张纸条和一封信，尹林平一看，纸条上写满了密密麻麻的名字：宋庆龄、何香凝、廖承志、连贯、乔冠华、夏衍、邹韬奋、茅盾、范长江、蔡楚生……尹林平看完赶忙把纸条和信递给廖承志，廖承志一下看出是陈曼云笔迹，只见信上面写道："万分火急，日本特务抄列的黑名单。"刘少文随后接过信，看后也不觉一惊。

刘少文忙对廖承志说，看来我们低估了日本特务，他们已经走到我们前面了，你和连贯都已暴露身份，不宜久留，应马上撤离，香港的事由我们来处理。尹林平也同意刘少文的意见，催促廖承志他们快速行动，最好今晚就启程。事情来得太突然，廖承志知道此时耽误不得，即对刘少文、廖安祥交代了其他工作，又与尹林平在"黑名单"上列出了第一批、第二批转移人员，并把转移路线及沿线的武装护送做了安排，随即便与连贯、乔冠华离开了临时办事处。一出门廖承志要连贯立即回家一趟，把老婆小孩安置好，明天一早出发。

廖承志处理完手头的要紧事已是深夜，他匆匆来到母亲何香凝的临时住所，与母亲妻儿告别。看到满头白发的老母亲和身怀六甲的妻子经普椿，他心中甚是酸楚，但当前工作太忙，事情太多，件件事情又关乎许多人的性命安全，他实在无暇顾及家庭。幸好母亲和妻子都十分理解且支持他的工作，因为她们知道，他正在组织大营救工作，无数的爱国民主人士和文化人士的安危都系于他身。廖承志要母亲放心，香港党组织还在，廖安祥也还留在香港，很快会有人来接送她们转移。说完之后，廖承志看了看正在熟睡的女儿廖兼，再次叮嘱妻子，要照顾好母亲和孩子，便出了家门。

连贯与廖承志分开之后，也往"家"走去，他踯躅在香港街头，却不知道自己的家究竟在哪里。一个多月前，他由于工作太忙，只好把妻子韩雪明和3个年幼孩子，托付给小老乡阿茂照看，如今他只能往阿茂的住地找来。他沿着铜锣湾的一条偏僻小港，找到了阿茂原来的房子，却见房子的屋顶上被炸开了一个黑乎乎的大洞，瓦椽窗户七竖八斜，一边的屋瓦还塌落下来。连贯心里不由地一沉，阿茂搬去了哪儿？妻子韩雪明和3个孩子他们是搬走了？还是……

他不敢再往下想，只感觉到眼前一热，一股酸楚顷刻涌上心头，眼泪跟着流了出来。他忍着悲伤，沿着铜锣湾的大街，从这头走到那头，见到的尽是趾高气扬的日本宪兵和神色慌张的难民，却没有韩雪明和3个孩子的半个影子。悲痛之中，连贯见天色已是不早，便一咬牙，立马回身赶回约定的地点。

廖承志一见连贯就问道："见到嫂子和孩子了？"

连贯答："见到了！"

"他们都好吧？"

"都好！很好！"

廖承志听后欣慰地说："那就好，这样我们就可以安心地干事了。"

1941年的最后一天，廖承志、连贯一行在李健行等人的护送下，从香

港渡海，来到了九龙市区，尹林平在此等候送行，一见面，尹林平把东、西两线的武装护送安排再次作了详细汇报。当时，东线主要由蔡国梁负责，黄冠芳、刘黑仔、江水、肖华奎、刘春祥、陈志贤等领导的手枪队分段护送。考虑到往后渡海的需要，护航小队也组建起来了，人员均从第三大队和第五大队选调出来，都是一些有航海经验，枪法好的游击队员，小队长由肖华奎担任；西线主要由曾鸿文、黄高扬负责，林冲、高平生带领的短枪队负责分段武装护送。

廖承志对尹林平的安排很满意。与尹林平辞别之后，廖承志、连贯、乔冠华一行继续往西贡转移，此段由黄冠芳负责保卫。黄冠芳知道将要护送出港的就是大营救工作的总指挥廖承志，安排江水、叶凤生沿途接应，自己则打扮成商人，腰间藏着短枪，按事先约好的暗号与李健行接上头。见到了廖承志之后，他又去买了些香烛纸宝敬神的物品，一起扮装成信徒商客出了九龙城。他们一行5人来到牛池湾时，江水、叶凤生、赖章等8位战士已等候在此。

江水的手枪队是第一次来到牛池湾执行护送任务。当天一早，江水带着手枪队员曾连、肖华奎、江松、陈颂、廖添胜、叶凤生、赖章7人，化装成商人的模样出发了。他随身还带了一把弯柄的黑布雨伞，作为与黄冠芳接头暗号。大约上午10时，黄冠芳手里拿着一把黑布雨伞，夹在逃难的群众中间来到牛池湾。江水从隐蔽处出来，黄冠芳便把江水介绍给4位同行者，其中一位穿一件黑上衣，头戴鸭舌帽，胖胖的身子挺壮实；另一位同志穿一件大棉袄，显得身材比较矮；还有一位男士是个白净瘦高个；另还有一位女同志，这些人正是准备离港的廖承志、连贯和乔冠华一行。

此去要经过九龙坳，那里靠近启德机场，马路上有日军的巡逻队和岗哨，故黄冠芳特别叮嘱大家必须加倍警惕。为了保护首长安全，江水把8人分成了三组，两人走前侦察开路，两人在后警戒断后，江水及另外3人则居中保卫。

江水领着廖承志等4人离开牛池湾来到九龙坳，这里离敌人很近，汉奸特务经常化装成老百姓在这一带活动。从九龙坳到西贡，他们不敢走大路，因为英国人在港战爆发前，为了防备日军偷袭，很多地方埋有地雷，有些逃难的市民就是死在这些地雷上。

江水等人对此地山路情况不熟，便从当地请了两位中年村民带路。山路崎岖极不好走，随行的那位女同志双脚打起了血泡，走起路来一拐一拐的，手枪队员帮她拿过包袱，但仍然走得很慢。从南围出来，一路经豪涌、北围、西贡、沙角尾到山寮，都是羊肠小道，极其耗费体力，一路上基本是到一个村就休息一次，只有15公里的路程，足足走了5个多小时，到达山寮村时已是下午3时。

到了山寮村之后，山寮村的村长黄阿年（黄亚元）热情地把他们带到自己家里，又是端茶，又是倒水。黄阿年双手捧着一杯茶送到廖承志同志的面前说："你们辛苦了！请休息一下，刚才江大哥已吩咐我派人到村口放哨，你们尽管放心好了。"说话间，香喷喷的饭菜端了出来。饭后，村长留大家在他那里留宿。但因原定计划是天黑之前要赶到岐岭下，并已约好海上中队的陈志贤在那接头，廖承志便谢绝了主人的一番好意。走时，江水考虑到那位女同志实在走不动了，便叫阿年找了一张椅子，绑上两根竹竿，请了两个人抬着继续赶路。

从山寮到岐岭下只有4公里，路也不难走，大家走得较为轻松。廖承志边走边询问手枪队的情况，不觉间已来到了岐岭下。陈志贤和黄友已经等在这里了。江水与陈志贤交接好之后，还一直把廖承志等4位送上船。船将开时，廖承志回过头来与江水握手告别，并对江水说："听了你的介绍我很满意，你们工作做得很好，不过也不能麻痹，还要继续努力！"接着他又问了句："你说，以后有大批文化人再从这条路经过，你敢保证安全吗？"江水说："请首长放心，我一定竭尽全力保证安全。"廖承志闻言满意地点点头。

此时已是黄昏，夕阳的余晖把海面映照得波光粼粼，小船在宽阔的水面上缓缓移动。江水等人站在岸边，目送着渔船渐行渐远，慢慢地驶向沙鱼涌。

第三章　从香江到东江

铜锣湾，避风塘，大帽山，深圳河。从香江到东江，数十个日日夜夜，数百里山重水复，营救工作既悄无声息又惊天动地，转移路线既迂回曲折又暗流涌动。

一、走出避风塘

1942 年元旦一过，李锦荣就接到通知，大营救马上就要开始，香港党组织派他去避风塘，负责海上交通站的工作。避风塘是香港岛与鸭脷洲之间的一处海湾，原是香港一个极具传统特色的大渔村，也是当地渔民以船为居的水上家园和避风港。每到传统节日，附近渔村的渔民也会聚集在此，祭祀天后诞辰，祈求神灵庇护。

李锦荣来到避风塘，找到"大眼鸡"，原来秘密交通站就设在海湾的大驳船上，这就是廖安祥的老雇主，香港东利公司停泊在港湾的运输船，它隐蔽在港湾上的大小船艇之间。有了这个落脚点，就能让出港文化人士在港湾做暂时停留，以便伺机出港。

李锦荣的直接领导是香港市委的负责人黄施民，具体行动上，在香港那边听从八路军驻港办事处潘柱的调度指挥，在九龙这边则接受地下联络员李健行的调遣。三人之间，联系紧密，配合默契，一切按照营救计划的部署分工有条不紊地进行，主要是承担香港和九龙两地之间的水路偷渡、分批组织出港工作。

1942 年 1 月初，潘柱约李锦荣到香港湾仔轩尼道的一座楼房见面。见面后潘柱对李锦荣说，第一批转移文化人的工作正式开始了，此次营救工作如同抢救一支被敌人围困的大军，要不惜代价，不计牺牲，保证被营救者的绝对安全。避风塘海上交通站的任务是把他们转移到九龙，送至第二个交通站，随即回来准备迎送第二批、第三批，直到送完为止。

当天下午 3 时，李锦荣按照约定的时间、地点，来到湾仔骆克道的一幢洋楼里，潘柱、李健行已在此等候，除了他俩，还有八九位陌生的男男女女。李健行只对李锦荣交代了第二天在九龙旺角通菜街见面，便匆匆离开。潘柱则把坐在厅里的八九位同志，托付给李锦荣，并说了句："这是我们尊贵的'客人'，你一定要把他们安全送达。"

这是第一批将要转移到九龙的文化人，茅盾夫妇、张友渔夫妇等都在其间，不过当时李锦荣还不认识他们。从湾仔骆克道到铜锣湾避风塘，还有一段距离，途中须经过日军的一个海军陆战队驻地，驻地的旁边设了个固定岗亭。为了不引起敌人的注意，李锦荣要大家和街上的行人混在一起，先沿着街中心走，待过了关卡之后，再上堤岸。当李锦荣他们来到堤岸时，这里已有一艘小艇在等候，李锦荣即向艇家打出暗语："有黄花鱼买吗？"

艇家答道："有！"

"论斤还是论条？"

"请下来看了再说吧！"

暗语对上之后，李锦荣随即跳上船头，"客人"一个个地上船。李锦荣将他们扶进舱内后，便立即叫船工开船，只十多分钟时间，小艇就开到了大驳船中间。船头上面画着"大眼鸡"，这是地下党刚刚设立的海上交通站。

李锦荣把"客人们"安排进舱后，晚饭又拿出准备好的罐头给大家下饭。饭后不久，潘柱也来到了船上，询问了李锦荣白天过街的情况和夜间开船的时间。李锦荣一一汇报之后，潘柱又悄悄地告诉他船上"客人"的名字：那个瘦瘦的是茅盾，边上那位女士是他太太孔德沚；那戴眼镜的是邹韬奋，身边是他女儿；那位年轻的是李平……听了潘柱的介绍，李锦荣越发感到此行责任重大。安排好"客人"休息后，潘柱也走了，李锦荣为了保证"客人"的绝对安全，却不敢上床睡觉，他一直站在船头舱上，透过船窗观察海面上的动静。

半夜时分茅盾起床解手，李锦荣赶忙迎上去搀扶着他。茅盾近视，眼力不好，船又会摇晃摆动，加上微弱的桅灯光下看不清通道，走着走着，突然一个趔趄，差一点踏进了海中。幸好李锦荣一把用力拉住，才没出意外，两个人都被这一趔趄吓了一跳。

到了凌晨，天色朦胧，雾锁海面，能见度极低，这是李锦荣选好的最佳"偷渡"时间。他把"客人"全都叫醒，招呼上了大帆船边上的一艘有船篷的钓鱼艇，装作夜钓的渔民，向九龙方向划去。钓鱼艇大约划了一个小时，就到了九龙红磡的岸边，正准备登岸，突然看见有个日本兵从岸上的电台大楼走出来。日本兵好像是发现了什么异常，拿着手电这里照那里照，东张西望了一阵子。

李锦荣见状，即叫船家驶离岸边，仍装作夜钓的渔民在海上转悠。由于躲在舱里的客人没有出来，那日本士兵以为是一条夜钓的民船，看了好一会未发现什么异常便回去了。李锦荣见日军一回楼内，便立即指挥船家快速划回岸边。刚上岸不久，又碰到一伙流氓，一开口就勒索每人10元保护费。李锦荣两手叉腰，用广州话与这些流氓讲数，费了些口舌，最后还是出了50元才把他们打发走。

当李锦荣带着"客人"来到旺角通菜街二楼时，李健行早已等在这里。交接之后，李锦荣没敢停留，立即返回香港铜锣湾，为下一批护送做准备。从这天起，每隔三两天都有一批文化人通过海上交通站转移出港，每次都是先小船送大船，再大船转小船地"偷渡"九龙。一趟多则十人八人，少则五六人，每次都会碰到不同的敌情险情。日军后来似乎有所察觉，加强了海上和堤岸的巡查。

为了缩小目标，李锦荣在后来的接送中，每次只送三四个人。之后的转移工作，大多数是潘柱通过交通员把撤离人员集中在一块，约定时间由李锦荣去接；还有些是由党组织提供地址、名单，由李锦荣直接上门去带，其中包括沈志远、张铁生、戈宝权等。营救过程中，数百名民主人士和文化人士都是通过这处海上交通站，一批批地"偷渡"出来。

二、翻过大帽山

把爱国民主人士和文化人士从香港"偷渡"到九龙塘后，这仅是营救工作的第一步，接下来的任务更为艰巨。从九龙到落马洲，虽然只有数十公里，沿途却要突破许多阻碍：牛池湾、青山道公路有日军重兵把守；大帽山和元朗十八乡有伪军和土匪出没；过了元朗十八乡来到落马洲，还有一条深圳河隔着，只有过了这条深圳河，才算来到内地，这也是走出香港的最后一关。

为了躲开青山道公路上日军的严密盘查，就必须翻过大帽山，走山路绕道元朗。当时的大帽山是土匪云集的巢穴，特别是黄慕容和肖天来这两股，各有100人枪，经常拦路剪径，让路人"谈匪色变"。被安排在西线负责转移护卫工作的黄高扬，在接到任务后，委派曾鸿文、钟清两人负责打通大帽山交通线。

曾鸿文早年加入洪门会，曾在陈炯明的手下做过事，还参加过彭湃组织的农会，1938年加入中国共产党。被迫落草"绿林"后，他因艺高胆大，百发百中，在港九绿林中颇有名气，被"捞家"敬称为"曾大哥"。日军进攻九龙的第二天，他和钟清一身便衣，将两支驳壳枪别在腰间，乘着夜色出发，天亮前才进入元朗。到元朗后，曾鸿文根据当地情况做出应对，打出他昔日"曾大哥"的旗号，以灰色身份开展工作，除暴安良、锄奸除霸。由于敌情严重，任务艰巨，他几乎每天都要杀一两个汉奸，最多的一次一天干掉了6个汉奸，在新界一带一时名声大振。

为了扩大影响，曾鸿文还邀请九龙新界的土匪代表，在大帽山开了一次"联谊会"，有百余土匪参加，曾鸿文只带了4人到会。在会上，曾鸿文

"匪气"十足,他身穿黑色襟衫,腰系绸带,两支驳壳枪斜插在腰间,亮开嗓子对到场的人说:"洪门会的开山宗旨是爱国家、爱民族,抵御外来侵略。今国难当头,俗话说,好兔不吃窝边草,我们都是在这里捞世界的,就不要伤害这里的穷苦百姓,要打就去打日本鬼子,谁不这样做,就应该把他赶出这个地面。"与会者当中虽有异议,但都不敢当面反对,大都表示少收"咸水"(黑话:买路钱),不与日寇合流,只向恶者"打草"(黑话:勒索)。

大帽山又叫大雾山,是横亘在青山道口的一座方圆百里的大山,主峰海拔有900多米。山上云雾缭绕,树木参天,只有崎岖小路在丛林间四处延伸。从当时的转移路线来看,从荃湾上山,走山路出元朗,再经落马洲过深圳河是一条捷径,且能避开日伪的多处哨卡,无疑是最佳选择。

但要从这条路走,就必须面对在山中盘踞着的那两股有着相当势力的土匪。在当时,土匪头子黄慕容带着100多人,占据着大帽山东侧地带,肖天来则领着手下的百来号人,盘踞在大帽山西侧一带。因为肖天来是新界本地人,不仅对山路非常熟悉,山下的上水、粉岭、莲麻坑等地也都是他控制下的地盘。

如何控制大帽山,保证文化人士和民主人士的安全经过?曾鸿文在想,土匪不收咸水钱和少收咸水钱还不是个办法,要把他们彻底赶走才行,具体如何赶?曾鸿文经过缜密的思考,又征得游击大队领导的同意,决定采取"迫虎离山"的计策。而为了不与土匪发生正面冲突,他打算"先礼后兵"。对此做法他满怀信心,因为他曾与黄、肖两匪首打过交道,估计他们还不至于直接同他翻脸。

原来早在两年前,曾鸿文曾独自一人路过莲麻坑,在走过一处坳口时,突然从树丛中跳出几条大汉,拔出手枪指着他吼道:"要命就留下买路钱!"曾鸿文见来人气势汹汹却不慌不忙,他把头一抬,拿眼一瞪说:"哎呀!咸水竟然淋到我头上!是哪一路的,叫你们的头头来!"几个土匪见曾鸿文这般架势,自知他来头不小,互相使了个眼色,问道:"你是谁?"曾鸿文一字一顿地回答道:"元朗曾大哥!"这几人一听马上向曾鸿文赔笑。恰巧这时肖天来也来了，这几个原来是他的手下，肖天来赶忙出来解围，还把那几个马仔训了一顿："你们有眼不识泰山，怎么碰到阿哥的枪口上了，不要命了么！"

还有一次，曾生从海陆丰派袁庚和叶义来新界找曾鸿文，经过布吉时，两人被土匪梁温贤绑架。土匪向袁、叶两人索要赎金时，两人说道："我们是来新界找曾大哥的，我们与曾大哥合伙做生意。"梁温贤听罢，不仅当即把人放了，还派人将两人护送到曾鸿文处。正是有了以上这两次经历，加上又刚刚与匪首们开过"联谊会"，曾鸿文对这次谈判成竹在胸，充满信心。

为了配合曾鸿文、钟清与匪首的谈判，周伯明带领着短枪队，王作尧也派林冲带着一个排的兵力，在大帽山下活动，以壮声势。此次谈判的地点，选在大帽山上的观音庙里，钟清作为曾鸿文的代表前往谈判。在见到黄、肖二人之后，他直接开门见山地说："曾大哥有一批做生意的朋友，近日要经过这里到内地去，请两位多行方便。"肖、黄二匪也不是蠢人，一看阵势自然不敢怠慢，他们不仅热情地接待了钟清，又开罐头又喝酒，还对钟清表态："既然阿哥头亲自要这块地头来捞，小弟只好恭让了。你们什么时候来，我们什么时候就走。"

果然没几天，肖天来和黄慕容的数百人马就悄悄地离开了大帽山。因为他们早已探知清楚，早就在江湖上颇有声望的曾鸿文，这几年还与共产党的游击队搭上了关系。他不但敢与国民党正规军抗衡，还敢与日本鬼子打游击。此次在新界再度出现，谁知道他是什么来头和背景，碰上这样一位强势"大哥"要地盘，不如做个顺水人情，撤出大帽山。

打通了大帽山之后，手枪队将护送地段重新做了细致分工：九龙塘至荃湾，由黄高扬负责；青山道口及山区一带，由林冲负责；元朗至落马洲一带，则由钟清负责；护送过深圳河之后，由游击队总部派出武装人员接应。曾鸿文参与全程护送。

1942年元旦过后，迫于日本"归乡政策"的强令驱逐，青山道每天都有成千上万的人经过，最高峰时有10万人之多。文化人士在转移出港时，都换成了普通百姓的服装，装扮成难民，混在遣返回乡的队伍里，踏上撤离的征程。

茅盾、邹韬奋、戈宝权、廖沫沙、叶以群、胡绳等第一批文化人到了九龙塘之后，由黄高扬、曾鸿文的手枪队护送着经过牛池湾到荃湾，然后在荃湾吃午饭小憩一会，随后改走山路经过大帽山，天黑时到达元朗。在元朗十八乡的杨家祠住一宿，此处是新界地下党组织建立的另一个秘密交通站。随后，曾鸿文又安排这些文化人隐蔽在落马洲、米铺边界，等待对岸皇岗水围地下交通站派人接应，选择时机在水围登陆上岸，进入深圳内地。

三、夜渡水围

水围村在深圳河对岸，它与新界的米铺、落马洲隔河相望。水围村既是地下党的秘密交通站，也是皇岗口岸的重要渡口。在第一次国内革命战争时期和抗日战争时期，这一带是东江游击武装的发源地以及重要活动地区。在这里，东江人民抗日游击队浴血奋战，抗击日寇，用鲜血和生命铸就了闻名南粤的"东纵精神"。

由于地理位置十分重要，中国共产党早在20世纪二三十年代就在这一带建立起秘密交通线和交通站。1927年8月，皇岗水围党小组组长庄泽民遵照中共广东省委和宝安县委的指示，在水围村建立起党的秘密交通站。交通站的任务是沟通当时设在香港的省委机关与广州及各区县的联络、收集传送情报及护送重要人物进出香港。

后来，庄泽民率领农会武装分别攻打深圳和南头，遭到失败，地下党员和农会骨干便分散转移至香港隐蔽，庄泽民也到香港士丹利街张福记洋服店以学徒身份掩护隐藏下来。1930年2月，由于斗争需要，根据党的指示，庄泽民冒着生命危险，潜回水围开设一家杂货店，恢复了地下交通站，建立起交通线。4月，庄泽民被任命为中共三区区委副书记兼皇岗交通站站长，他建立的这条交通线是由广东省委等领导的一条重要的红色交通线。

水围地下交通线分为外线和内线：外线交通员的任务是由水围出发，到九龙或香港岛的秘密联络点取回上级经过密写的文件或指示，再经由宝安转送到领导指定的目的地；内线主要从深圳圩出发，到九龙旺角大华戏院接受指令，然后返回水围，将任务转达给白石龙及楼村的宝安县委机关。同时，交通站还负责护送省委领导同志进出香港，如李源、蔡如平、黄学增、阮啸垣、赵自选等都曾经过水围、落马洲出入港九和白石龙、坪山等地。

当时的水围村是一个靠捕鱼捞虾、农耕为生的小渔村，村民经常来往香港销售海鲜、农产品，每天都有数十条小船下海捕鱼，而且村民个个水性好、抗日热情高。天时地利人和，给接应工作创造了良好的条件。但是由于需要接应的人数较多，周边环境又十分复杂。白天，海上有鬼子的巡逻艇巡查，岸上有日伪军的岗哨盘查，给接应工作带来很大困难，因此只能晚上行动。

水围地下交通站站长庄泽民临危受命，他先与"白皮红心"的伪村长庄欣同商量，随后两人又召集了庄彭、庄福泽、庄水秀、庄有长等人一起商量。经过细致商讨，决定由庄兴林、庄南、庄福泽、庄泽安等人划船到落马洲、米铺，接应这批文化名人。

而对岸负责转移文化精英们的，是港九手枪队副队长张红。张红当时的公开身份，是元朗米铺一带的大老板、富商，对当地情况非常熟悉。于是，双方按照约定的接应时间分头行动。在行动中，张红这边组成3人小组，一人负责警戒、一人负责放哨、一人负责发信号，信号是将一个纸糊的红灯笼高挂在门上；对岸看到后，水围地下交通站立即派人接应。为避免惊动水围岸上的"二鬼子"，便让脑子灵活、八面玲珑的"红心萝卜"庄欣同在岸上，负责与岗哨里的伪军周旋。

1942年1月10日夜幕降临时，庄兴林等人在渔民收工后，趁着夜色，利用芦荡遍布、沟河交错的有利地形做掩护，蹲在芦苇丛中的渔船上，等待对方发出联络信号。凌晨时分，对岸亮起红灯，在岸边芦苇丛中整装待

发的 4 条渔船，在伸手不见五指、巨浪翻滚的夜幕中，神不知鬼不觉划过
300 多米水域抵达对岸。船只一靠岸，早就在岸边等候的文化名人们立即
上船。每条船一次只能载 8—10 人，庄兴林等人需在夜幕中来来回回，每
接应一批差不多要一个小时。

上岸后，曾鸿文带领武工队在此接应，岸边常有敌人警戒巡逻，十分
不安全。一个个灰头土脸的文化人士上岸后，顾不上洗脸吃饭，便得立即
赶路。邹韬奋、茅盾一行跟着游击队员爬过莲花山，跨过宝（安）深（圳）
公路，翻过梅林坳，才抵达阳台山下的白石龙村。

1 月 13 日傍晚，交通员带着第一批脱险的文化人士百余人进入游击区。
早已警戒在梅林坳山岭上的我方岗哨观察到一队人进来了，立即发出"客
人已到"的信号。东江游击队的领导尹林平、曾生、王作尧、梁鸿钧等，
前往迎接。看到了来迎接他们的游击队领导，文化人们远远地就忍不住挥
动毛巾，激动地欢呼："到家了！到家了！"

四、梅林坳的歌声

白石龙是东江游击队的根据地，司令部就设在白石龙村的一座教堂里。
白石龙村是一个只有 20 多户人家的小山村，地处广九铁路布吉站的西侧。
村子的东西两边有两座大山：一座叫鸡公山，另一座叫阳台山，海拔均有
四五百米左右；村南横亘着梅林坳和唐朗山。几座大山连在一块，延绵 20
多公里，犹如一道天然屏障，把游击区和敌占区隔开。

山南已是敌占区，宝安到深圳沿线的村镇也大都有日军驻扎，山坳的
顶上还设有日军的瞭望哨。为了迎接大批文化人士的到来，曾生、王作尧
抽调出一批游击战士分头行动，并指定由东江敌后文委黄日东负责接待，
由民治乡副乡长刘鸣周负责组织人力在山上抢搭草寮，以解决大批文化人
士的住宿问题。

1942 年 1 月 13 日傍晚，交通员带着第一批脱险的文化人士进入游击区。

这是自港战爆发以来，广东地方党组织和东江游击队，殚精竭虑救出港岛的首批文化人士，大家心情尤为激动。当晚，游击队领导把邹韬奋、茅盾、胡绳、戈宝权及叶以群等十多位安排在小教堂住了一宿，还把缴获的日本军毡拿出来打地铺。大家促膝畅谈，笑逐颜开。尽管游击队生活条件艰苦，一天只能吃两顿稀饭，但在当天晚上，游击队还是设法请茅盾他们吃了一顿风味独特的"宝安客家香（狗）肉"晚宴。茅盾说："这顿饭吃得真痛快，我觉得比什么八大八小、山珍海味更好，永远也忘不了。"[①]

文化人士抵达白石龙的第二天，东江游击队与文化人士开了个小型的座谈会，在庆贺邹韬奋、茅盾他们一批人安全到来的同时，又传达了党中央及南方局周恩来关于这次抢救工作的指示。曾生、王作尧等还向文化人士简单地介绍了东江游击队的情况，并提醒大家，在接下来的转移工作中，将会遇到更大的危难。

几百里东江水路，一路都有日、伪、顽、匪的卡哨，但有东江游击队在，就一定能保证大家安全地穿越封锁，奔向大后方。邹韬奋听后激动地说："我们这批文化游击队，是在东江人民抗日游击队的护卫下，由香港转移回来的。没有人民的枪杆子，就没有人民的笔杆子，打倒法西斯，必须有人民的枪杆子，也必须有人民的笔杆子。"茅盾也深有感触地说："这次回来，感受很深，特别感到这是作家直接同

文化人士聚集的白石龙教堂

---

① 余俊杰、刘中国：《白石龙大营救始末》，花城出版社2015年版，第183页。

抗战实践相结合，创造革命文字的最好机会。"①

晚上，游击队还组织了一场联欢会，邹韬奋还兴致勃勃地登台演了个小品：土场中间，出现了一个洋鬼子，脚穿皮鞋，身着黑西装，头戴毡帽，弯着八字脚，一撇一撇地朝前走来，一边走一边摆动拐杖，酷似卓别林的滑稽剧。讥诮了一通希特勒之后，邹韬奋把帽子一摘，假胡子一抹，深深地向观众鞠了个躬，连声说："演得不好，聊助一笑。"台下顿时报以热烈的掌声，并喊道："哈哈，韬公，神形毕肖啊！"随后，游击员和文化人士还一起合唱了《八路军进行曲》《在太行山上》等歌曲。

同在此间的戈茅（徐光霄）让游击队的战士们一声声同志的叫唤，感动得泪流满脸。一声同志的称谓，简单而亲切。在战火纷飞、白色恐怖弥漫的年代，同志既是力量也是靠山；同志是一条战壕上的战友，是值得为之付出、奉献、甚至是牺牲的人。当天晚上，躺在同志准备好的松软而暖和的稻草地铺上，戈茅再一次辗转反侧，难以入眠，就着昏黄的煤油灯又写下了《我的窗子》。

而著名诗人、电影《风云儿女》的导演许幸之，在《祖国的摇篮——作于一九四二年文化队伍香港撤退途中》一诗中，更是真情地抒发了他对东江游击队的满怀敬意。叶以群被晚会的氛围所感染，回想起出港时的日日夜夜和途中遇到的艰难险阻，写下了《梅林坳歌声》。他在文末写道："负荷依然是那么沉重，道路依然是那么崎岖，可是却不再感到疲困，因为我们终于越过了那生和死的界山，踏上了自己人的土地。"

在接下来几天里，白石龙村陆续接来了数百位文化人，交通站将他们分别安排住在山寮（稻草、竹木搭成的茅屋）里，敌后条件有限，须得十几二十人挤作一间。时值初春，夜晚寒冷，为尽可能照顾好文化人，山寮里铺着厚厚的稻草，茅寮门口挂条草帘，挡御风寒。白石龙游击区既是敌占区中的游击区，也是敌后的前线，爬过南面的一座山，就是日寇占领的

① 余俊杰、刘中国：《白石龙大营救始末》，花城出版社 2015 年版，第 186 页。

深圳圩。

游击队要解决好这批人的吃饭，不得不前往二三百里外越过几道封锁线去弄粮食。部队要求官兵每人每天节约 2 两粮食，以保证文化人的吃饭问题。为防止敌人偷袭，文化人们白天隐藏在山坳中休息，晚上进行转移，几乎每天都要行军 3 小时以上。

一次，一位文化人不小心丢烟头烧着了山草，游击队怕暴露目标，当机立断将他们转移到深坑、扬美、蕉窝村等山坑里躲藏。过了两天，白石龙、杨美村一带果然遭到日伪军的袭击，并烧毁了白石龙村背后的一片山林。

在白石龙休整期间，部队首长专门从老百姓那里买了头猪，让文化人们补充营养，恢复体力。谁知送肉那天夜里一片漆黑，挑猪肉的战士过河时不知河水深浅不慎跌倒，猪肉掉进河里。后来，战士们花了个把小时才在冰冷的河水中捞回了猪肉。第二天战士们见到文化人吃到可口的猪肉，心里一阵高兴。

这次休整一直持续到 2 月中旬。沿路的交通站完全建立之后，开始分批转移。第一批文化人士包括茅盾夫妇、胡风夫妇、宋之的夫妇、张友渔夫妇、廖沫沙、戈宝权、叶以群、胡仲持等十多人，由游击队短枪小分队护送他们离开白石龙，再次踏上转移的征程。

五、坪山交通线

从白石龙到惠州，全程 150 多公里，要经过沙湾、龙岗、坪山、惠阳等敌占区和国统区。坪山和茶园交通站，位处这条转移路线的中段，也是惠阳游击区的活动地盘，在这一带建交通中转站不但合适，而且至关重要。

坪山是曾生的故乡，他的母亲钟玉珍是邻乡龙岗沙梨园人，他小时候曾在沙梨园读书，后又转至坪山小学读书，对这一带的情况非常熟悉。此地最大的优势就是傍山靠海，交通便利。东南面是大鹏湾的沙鱼涌，西南

面是宝安，东北面连接坑梓，一翻过山就是秋长茶园。山虽不高，但树木葱茏，植被茂盛，一片丘陵地带，利于隐蔽和开展游击战。曾生在组建抗日游击武装之初，就看中了这个地方。除了地理优势之外，这还有一个好处，就是这一带几乎都是客家人的聚居地，民风淳朴。

据考，最初的"本地人"因为此处的土地贫瘠，渔耕不丰，早已赴港或出洋谋生。到了明末清初客家人才从闽、赣一带往东江迁徙，在此落脚，并代代相传至今。客家人吃苦耐劳，男人大多去香港打工，女人就多留在家里耕田种地，照料家务。港战爆发前后，从香港到坪山的人来往频繁，能够为转移文化人的工作带来一定便利，这也是当初制定转移路线时决定从此经过的原因。

前东江特委根据廖承志的部署，对这个交通站的设立非常重视，特命坪山区的区委书记何武，亲自负责这条交通线的组建工作。何武当时的公开身份是洋和朗一名学校的教师，东江游击队的政委尹林平曾特地来到何武的学校，当面对他交代："坪山敌占区是文化人向后方撤退的必经之路，武装护送由周伯明的部队负责，你们区委的任务是在坪山开辟两条秘密护送的交通线，一条是从白石龙经沙湾、大井、洋和朗、坑梓到茶园；另一条是从沙鱼涌经田心、坑梓到茶园。这两条线路，重中之重，既是日、伪、顽、匪的交叉封锁线，又是我们保证文化人安全通过的生命线。"

当时，坪山圩驻扎着日军的一个中队，有100多人。在坑梓和其他几个地方也驻有日军小队和伪军，他们分别控制着宝安沿海地区和广九铁路的交通。而在广九铁路另一边的龙岗，驻扎着国民党顽军的第八保安团。在那山岭连绵的空隙地带，还有数股上百人的土匪，情况非常复杂。东江游击队的第五大队挺进坪山区后，就是在这些日、伪、顽、匪的缝隙中穿插游击。正是因为有了第五大队的武装做后盾，坪山区的基层党组织在敌占区仍然健全，除了党支部能正常活动外，有些乡村还成立了抗日保乡自卫队或壮丁队。

何武接受任务之后，立即开始行动。他先分别向坪山、田心、坑梓等乡村的各支部传达尹林平的指示，接着召集大家研究部署工作。各乡村支部也深感时间紧迫，责任重大，丝毫不敢怠慢，快速行动起来。为了迅速开辟和打通这两条秘密交通线，经过周密的商量策划，何武决定从以下几个方面下手，尽快打开工作局面。

区委首先对各村的保长、甲长进行了调整，凡是能安排自己人担任的，就安排自己人担任，不适合安排自己人担任的，就通过做工作争取过来，使它表面上是为日、伪服务，实际上是游击队的情报员。对于个别顽固的而又不能更换的伪保长、甲长和地主豪绅，区委干脆亮出底牌，打出抗日游击队的旗号，一方面向其提出警告，另一方面暗中派人监视，一旦有向敌伪通风报信的迹象，立即采取行动。

有了这个乡村基础之后，区委又从各乡村抽调了一批青壮年，组建了一支80余人的武装自卫队，由共产党员钟淼担任中队长。这支武装自卫中队，直属区委接受统一领导指挥。完成了基层组织机构调整和武装力量组建后，坪山区委马上开展对土匪势力的围剿和对日伪的袭击。首先打击了平时拦路抢劫的土匪势力，对那些势单力薄的小股土匪，主要采取政治瓦解的办法，规劝他们改邪归正，不听规劝的就用武力坚决打击。盘踞在坪山区马栏头的一股土匪，倚仗着人多枪好，根本不听区中队的多次劝告，仍然我行我素，继续在这一带拦路抢劫村民和从港九逃往内地的难民。

为扫除这一障碍，区委马上向游击总队报告。东江游击队随即派出队伍，在区自卫中队配合下，乘着夜晚，突然包围了这股顽匪，一边发动进攻，一边进行宣传瓦解工作。可是这股顽匪仍负隅顽抗，此时游击队毫不客气地发动了猛烈地进攻，匪徒死了几个之后，自感不是游击队的对手，慌忙撤出阵地，狼狈地逃跑了。

为保证文化人士的安全通过和整个大营救计划的顺利实施，上级要求坪山中队尽量避免与敌人正面冲突，更不要主动出击去骚扰日伪，以免打草惊蛇。但那时驻扎在坪山圩、龙岗圩一带的日军和伪军，经常一个班或一个排的出动到各村进行抢掠粮物，随意抓人。这对文化人在坪山地区安

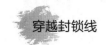

全过境威胁特别大。根据这一情况，上级命令坪山中队，尽快摸清敌人的活动规律，找准机会把敌人的嚣张气焰坚决打下去。

有一天，驻守在坪山圩的日本侵略军十几人，到坪山龙光村一带抢粮，自卫队侦察到敌人回坪山圩时，必须经老大坑村的猪肠坑。猪肠坑是一条狭长的山谷，这是伏击敌人的有利地形。根据这个情报，区委立即组织了几十个自卫队员在猪肠坑两侧埋伏起来。

下午 4 时左右，十几个日本兵有的抬着粮食，有的刺刀上挑着鸡鸭，大摇大摆地走过来。埋伏在山路两侧的自卫队员，个个枪口对准了敌人，只等十几个日本兵走进伏击圈。300 米，200 米，随着自卫队长一声令下："打！"一颗颗子弹飞向敌人，日本兵一下被打得晕头转向，有的趴在地上，有的侧躲到路边，端枪向两边山上盲目还击。自卫队居高临下，火力又猛烈，压得日本兵抬不起头来。这一仗打得日本兵最后只得抬着 3 具尸体，扶着几个伤兵，仓皇地逃回坪山圩去了。

这一仗之后，自卫队还派出精干人员，潜进坪山圩，乘着夜色掩护摸到日、伪军驻地营房和据点附近，张贴标语、散发传单、打冷枪、剪电线，使敌人日夜不得安宁。经过几次行动，小股日军大白天再也不敢轻易出来，坪山区的交通线自此基本被打通。

六、客家围和东湖店

位于惠阳秋长的茶园村，是营救转移路上的要冲之地。此地东临淡水，西近惠州，南邻坪山，对于接待、转移、安排营救对象小住休整，都是比较理想的地方。除位置优越之外，此地还有着良好的群众基础：1938 年 12 月 2 日，惠阳人民抗日游击总队就在秋长的周田村育英楼宣告成立，这栋楼既是叶挺将军的祖屋，也是他的出生地。而在更早的大革命和土地革命战争时期，这里就有党的地下组织及农会活动，群众基础非常好。廖承志一行还没来此之前，中共惠阳县委就已接到东江特委的紧急指示，要他们立即筹建惠州境内交通站，分段接送保护文化人安全通过惠阳。

中共惠阳县委书记谢鹤筹领命后，立即召集宣传部部长王鲁明、组织部部长兼武装部部长卢伟如，组成核心班子。经过商量部署，决定由卢伟如负责在茶园建立秘密接待站，并在惠州建立中心联络站，把中共梁化区委书记陈永、惠州区委书记蓝造等抽调出来，协助卢伟如开展工作。

卢伟如，1920 年出生在新墟湾塘村，是地道的惠阳本土人。早年曾先后就读于淡水师范和平山乡村师范学校，1937 年 3 月加入中国共产党，翌年 6 月离校参加广东省委短训班。结业后先在坪山抗敌后援会任党支部书记，同年 12 月参加东江华侨回乡服务团，并任中心支部书记。1939 年始任中共惠阳县委组织部部长兼武装部部长。他接受任务后，首先来到茶园找到地下党员叶汉生、叶瑞林，并与游击队派来的武装干部叶维儒一起，商讨茶园接待及护送工作的具体事宜。

茶园村的榴兆楼和嗣前新居，是两座清代的客家大围屋，尤其是榴兆楼更是规模雄伟，它占地 2300 平方米，四边角楼高高耸立，远远看去就像是一座古城堡。叶汉生认为，将交通站选择在榴兆楼最为保险，因为围屋四边建有三层高的碉楼，楼上可以瞭望到很远的地方，石灰夯土的墙体上开有孔洞，从孔洞可以观察、射击来犯之敌。围屋内有水井，住有 20 多户人家，全是叶姓族亲，都是地下党的关系群众，依靠他们，可以解决数十位文化人的住宿饮食。加上屋内有多个院落，活动空间较大，文化人入住以后，足不出户就可以在楼内散步晒太阳，只要不迈出大门，外人根本发现不了。

卢伟如同意叶汉生的意见，但他提出要把嗣前新居作为机动交通站，一来怕来的人多，榴兆楼一时住不下；二是防备万一走漏风声，有个接应和转移的地方。大家都觉得卢伟如想得周到。游击队的干部还提出，一旦文化人住进榴兆楼，除了外围警戒，嗣前新居也住一班游击队员；发现紧急情况时，立即可以切断村口大路，掩护文化人快速向后山转移。

卢伟如布置完茶园的工作，便与陈永急匆匆地赶去了惠州。惠州是一座有 1000 多年历史的文化古城，一直是东江流域的政治、经济、文化中心。抗战爆发后，惠州城曾是中国军队与日本侵略者多次激战争夺的军事要塞。日军退出惠州后，国民党一八七师师部跟着迁回惠州，并且增设了一个惠淡警备司令部，国民党一八七师师长张光琼兼任警备司令。

此时虽为国共合作期间，但国民党顽固派经常制造摩擦，特别是在 1940 年组织顽军大举围攻东江游击队之后，惠州城的党组织遭到了严重破坏，暴露身份的共产党员大都撤往城郊隐蔽，只留下了极少数的党员潜伏下来，继续进行地下活动。

没有健全基层党组织的协助，这无疑给卢伟如的建站工作带来了极大的困难。为了掩人耳目，卢伟如身穿西装，化名罗衡，以香港昌业公司经理的身份出现在惠州街头；扮作公司"少东家"的陈永，跟着"老板"在水东街一带四处勘察，目的就是找一块临街近江，适合昌业公司"做生意"的地方。他们走遍了水东街的大街小巷和沿岸客栈，最后看中了"东湖酒家"。

"东湖酒家"原来并不是酒店，而是惠州绅士翟雨亭的私人别墅。这幢建于 1935 年的欧式建筑，坐落于繁华的东平大街之上，在一溜排的骑楼中

惠阳茶园嗣前新居现状

间，显得特别醒目。高大的门面，宽阔的开间，幽静的花园和别具异域风格的豪华装饰，充分显示出主人家境的殷实。这位毕业于广东高等师范学堂的屋主翟雨亭先生，曾有一个庞大的实业报国计划。他在创办建筑公司，参与惠樟公路修建的同时，还梦想建设一大批经典建筑，作为惠州西湖的配套景点，来点缀装扮这座古城。

1938 年，日本侵略者攻占惠州后，桥东木楼在火海中烧了 3 天，最后唯有这座钢筋水泥的建筑，在大火中保存下来。别墅所在的水东街是繁华的商贸之地，又紧挨东江码头，即便是战乱年代，也不乏南来北往的商贾过客。桥东的许多酒楼客栈因烧毁一时无法复业，屋主才把它改成旅店对外营业。

东湖酒家毗江临街，水陆交通便利，且装修豪华，住客大都是富商大贾，生意火爆。但从国民党一八七师迁回惠州之后，师长张光琼包下了第 3 楼（顶层），并在门口设置了岗亭。荷枪实弹的士兵在门口一站，一二楼便少有旅客敢来住店。卢伟如他们正是看中了张光琼这顶"保护伞"，才果断以昌业公司的名义租下一二层。做出这个决定，确实非常大胆，但却是经过组织慎重考虑和周密的安排。

旅店第 2 层共有 10 间客房，租下之后被分别辟作公司商务、接待之用。为不引人怀疑，谢鹤筹把卢伟如的未婚妻，此前在淡水担任妇女委员的叶景舟调来惠州"突击结婚"，之后又把陈永的未婚妻也调来惠州"突击结婚"，以后又陆续调入李惠群、潘秀金等地下党员来协助工作。

秘密联络站建立起来之后，卢伟如又在水东街租了一间商铺和几处民房，分别安置陈永等"股东""店员"居住，并故意放出风声，由于香港沦陷，年后好些"股东家属"要逃难过来，以便有个落脚之处。接着卢伟如计划通过党组织从香港购进一些煤油、棉纱、布匹、轮胎等紧俏物资，存放在东和行的商行里，商行老板李士杰、梁思中、叶子良都是农工党员、统战人士。

卢伟如想充分利用这些关系，使昌业公司的生意红红火火地做起来。

一方面为接待文化人士筹措经费，一方面通过这些生意往来疏通关系，为接下来的营救工作打通关节。

七、廖承志在惠阳

再说廖承志从香港到九龙，再从九龙到西贡，接着又乘船渡海到沙鱼涌，经过一路的实地勘察，对沿线的布置心里有了底。而此时的尹林平也正沿另一条线路进行实地考察，那是经过大帽山过元朗到龙华的陆路。有这两条水陆并进的道路出港，他们可以在最短的时间内把数百人转移到游击区。当廖承志、连贯、乔冠华一行安全到达坪山时，尹林平、张文彬等已先于他们到达此地了。

在石桥坑的一间破庙里，他们先听了中共惠阳县委书记谢鹤筹的简短汇报，之后中共坪山区委书记何武介绍了坪山区的各乡村的党组织活动情况，包括建立了多个交通站和武装自卫队，大家听后非常满意。接着又开了一个短会，两路人马把实地考察的情况综合之后，首先达成一个共识，决定同时启动东西两线，水陆两路齐头并进，有船只的走澳门—广州湾的海路，没有船只则尽快安排走陆路。能直接到桂林的到桂林，到不了桂林的先转移到东江一带，争取在2月上旬把滞留在港的文化人士，全部转移到白石龙和惠阳游击区。只有先完成这一步，才能取得主动权。

随后大家又讨论了营救转移时的安全保卫、分批人数以及后续转移问题等等，并对各项工作都做了具体分工。最后把下一步的详细计划交由张文彬带回东江游击队总部，发电向党中央报告。

转移时所遇到的阻力不仅来自日、伪方面，此时的国民党一八七师，也正趁着日军进驻香港之机，派出正规部队配合地方民团对惠宝游击区进行合围，并对沿线公路做出了严密的封锁。一边是日、伪军，一边是国民党军队，营救工作所面临的形势不容乐观。

当时，白石龙有日军一个大队，沙湾圩有日军一个大队，龙岗圩有日军一个大队，坪山圩有日军一个中队；国民党军当时有惠州城驻一八七师部，淡水国民党军第九旅，樟木头国民党军一个团，莞城驻有国民党军一个旅。除这些之外，洋和朗及小梅沙还有梁化仔的土匪势力，这样一来，从白石龙至惠州的东江流域，日、伪、顽、匪各方面势力形成了犬牙交错的态势。

在这种四面夹击的情况下，东江游击区的地盘越来越小，故在阳台山、沙湾、坪山、秋长一带建立一些可供停留休整，甚至能较长时间接待文化人的交通站就显得非常必要。为此，廖承志再次向惠阳县委传达了党中央的指示，并要他们尽量想细想周到，做好接待护送的各项准备工作。

一切安排就绪后，第二天一早，廖承志一行在惠阳大队高健短枪队的护送下，与惠阳县委的同志一起来到了秋长茶园。廖承志、连贯、乔冠华来到茶园交通站时，卢伟如已去了惠州，站长叶汉生向廖承志汇报交通站情况。听了叶汉生的介绍后，廖承志又跟随叶汉生到那两幢客家大围屋转了一圈，再详细询问了惠阳大队的武装保卫力量，最后与大家一起分析研究，确定了一套应付紧急情况的预案。当天晚上，廖承志他们住在榴兆楼，第二天一早，又在谢鹤筹的陪同下来到了惠州。

惠州作为东江流域的中心地区，是国民党驻军一八七师的师部所在地，惠淡警备司令部也设在惠州城。由于国民党顽固派的破坏，党组织大部已撤出惠州，留下的党员大都转入地下活动，基层组织已不太健全。但正是如此复杂的地方，却是文化人士转移的必经之地，无论是从白石龙游击区直接前来，还是从坪山交通站中转再至，惠州城都是文化人士转移的必经之地，即便是从海陆丰走海路，也还是得通过东江码

惠阳茶园榴兆楼现状

头乘船而上。因此，惠州交通站便是转移过程中的关键之地，廖承志一行不得不加倍地重视。

在惠阳县委的安排下，廖承志一行与惠州的地下党组织接上了头。中共惠阳县委组织部部长卢伟如、惠州区委书记蓝造，向他们详细地介绍了惠州过境的准备工作，并告知已将东湖旅店租下当秘密交通站，以"昌业公司"的名义来开展营救工作。廖承志同意这个计划，只是考虑到卢伟如太年轻，以前又从未涉足经商，如此打着"昌业公司"老板的头衔，租下东湖旅店，甚是冒险。若是军警盘查，既不知商品货号，又不知价格行情，极易露出破绽。考虑到这一层，廖承志随即叫连贯设法通知廖安祥，火速赶来惠州，因为廖安祥熟悉经营业务，且在惠州淡水设有办事处，让他以开办公司名义协助卢伟如开展工作，更加稳妥。

接着廖承志向卢伟如特别交代了两点：第一，文化人士来到惠州之后尽量分散居住，不准上街和公开活动；第二，把钢笔、书籍、笔记本等收上统一保管，以免暴露身份。他还反复强调，要把这两条当纪律向文化人士宣布，做好思想工作，告诉大家惠州是国统区，我党的力量十分薄弱，且在国民党的惠州驻军长官眼皮底下，更要严守纪律，才能保证安全。

布置交代完毕，廖承志又对东湖旅店及水运码头做了实地考察。正准备离开惠州之时，南委交通员司徒丙鹤途经惠州去韶关，他此行是受张文彬委派前去粤北省委的。廖承志也正急着要与来人商量粤北地区的转移接待工作，以便让他及时向粤北省委转达。卢伟如考虑到廖承志他们的安全，把会面地点安排到较为偏僻的西湖孤山的王朝云墓地上。当廖承志走过五眼桥和东征军纪念陵园时，看到毁于日军炮火的北门城楼和破败不堪的西湖景区，不由地触景生情，感慨赋诗《惠州西湖留丹亭》：

> 破堞楼头来复去，
> 留丹亭畔恣徘徊。
> 悠悠夜月东江水，

忍望天南剩劫灰。

留丹亭位于西湖点翠洲，是为纪念辛亥革命中惠州"马安之役"牺牲的陈经等 15 名烈士而建造的。"留丹"取文天祥诗句"人生自古谁无死？留取丹心照汗青"之意。在日本侵略者的铁蹄之下，满目疮痍，劫后余灰，廖承志在激愤的抒发中，陡增了对日本法西斯的憎恨，更加坚定了他抢救文化人士的必胜信心。他暗下决心，哪怕是赴汤蹈火，也要完成党中央、南方局交给的任务。

八、三百里东江水路

转移工作迫在眉睫，时间非常紧迫，廖承志、连贯、乔冠华在惠州不敢久留，翌日一早便启程赶去龙川。卢伟如、蓝造在水东码头联系到一条开往老隆的货船，船老板和船工都是地下党员。为保险起见，卢伟如还专门安排了两位便衣队员护送，两条小船沿着东江逆流而上。

东江在古时又被称作湟水、循江、龙川江，发源于江西寻乌桠髻钵山的三桐河，自北往南滔滔流淌。廖承志与乔冠华是第一次在东江坐船去龙川，连贯则对这条水路非常熟悉。逆水行舟，又是枯水期，船走得特别慢，在观音阁和蓝口码头又各停靠了一晚。如此一来，他们在船上待了 6 天，直到 1 月 10 日才来到龙川佗城。

佗城是岭南最早的古镇之一，南越王赵佗曾在此当了 6 年县令，故有"古邑兴王之地"之称。船过佗城至大江桥下，连贯告诉廖承志，这桥是陈济棠主政广东时，在东江河上建造的第一座钢筋水泥桥，也是东江河上唯一的跨江大桥，接通了粤北与潮梅的交通运输。

廖承志不禁想起了仍在香港的陈济棠。陈济棠主政广东时期，建树不少，政绩斐然，但因发动反蒋抗日的"六一"事变，再也得不到蒋介石的信任。港战爆发后，重庆方面也曾派人派机，前去抢救困留在港的党国要人，杜月笙专责部署营救工作，重庆政府滞留在港要员、蒋氏家族部分成员皆在营救之列。陈济棠当时也滞留在港，然而抢救名单上却没有他的名字，别说是他，连国民党元老宋庆龄、何香凝也不是营救对象。

港战刚刚爆发，陈济棠不知从哪儿得知了重庆派机前来的消息，独自一人早早候在机场，硬是挤上了12月9日的抢救专机，却被孔令仪（孔祥熙之女）的洋狗拖扯下来。一位堂堂国民党广东省前主席却不如孔家小姐侍从宠物，"人不如狗"的讽刺文章在媒体争相刊出，舆论一片哗然。

被赶下飞机的陈济棠，狼狈又沮丧。廖承志却表示一定会帮助他逃出香港，并与潘汉年对他的护送工作做了周密的安排。潘汉年与陈济棠算是"老交道"了，早在中央苏区第五次反"围剿"时，他与何长工曾同陈济棠就红军转移问题进行过秘密谈判，共产党人没有忘记陈济棠当年对红军的"敲梆式堵击"和"送行式追击"的让路之恩。

船过大江桥，很快便到了目的地老隆。老隆是龙川县的一个重镇，与佗城仅隔5公里水路。东江从上游流经此处，江水滔滔，河道宽阔，适宜河运。老隆东岸既是各种船只停泊的大码头，又是八方山货的集散地，这种特殊的地理位置，使其成为数百年来东江上游繁华的商贸之地。

老隆不但是粤东北的交通中心，更是通往赣闽的重要通道，自日军攻陷广州、汕头之后，此地的交通地位显得更为重要。此时的老隆有居民上万、商店400间之多，佗城大江桥在1938年10月被日寇拦腰炸断，后用钢梁杉木接通被炸的两节。恢复通车之后，每日过往的各种车辆不下百辆，故有"小香港"之称。

廖承志、连贯、乔冠华来到老隆后，被蓝训才安排在河唇街的福建会馆住了下来。此时廖承志一行从香港出发，经惠阳过惠州再到龙川，一路上已历时十余天。福建会馆位于老隆镇的东江河边，为闽籍商人同乡会，始建于清代。会馆虽是土木结构，但房内雕梁画栋，有三进院落，建筑面积有500多平方米，楼上楼下有客房数十间。更重要的是，东江码头离此处可谓是近在咫尺，而通往韶关、兴梅等地的汽运车站亦在附近，这样的交通枢纽，无疑是中转安置的首选之地。

说起这个会馆，其与近代中国的革命事业，也是有着一段不解之缘：1923年彭湃两次来此找陈炯明，以营救"七五农潮"中被捕的农会干部，当时陈炯明就下榻此馆。1925年东征军攻陷老隆时，此处又成为左路军的指挥部，蒋介石、程潜、林伯渠等先后驻扎于此。

负责接待廖承志等人的蓝训才是海丰县城南门街人，1926年由共青团员转为中共党员，1938年10月被党组织选派韶关参加粤北省委干部训练班学习，结业后奉命来龙川建立党的地下联络站。他与妻子陈惠良一起以开染坊作掩护，地址就设在水贝黄家祠，后被任命为粤北省委驻老隆交通总站站长。

在蓝训才的安排下，当天晚上，廖承志便与中共后东江特委书记梁威林见了面。梁威林和老隆地下党负责人，向廖承志详细地汇报了交通站和后东江特委基层党组织的情况。对于后东江特委的组建过程，廖承志作为南委委员，认为这种组织构架是为了适应不同时期的斗争形势而灵活建立的，党中央的决策是正确的。

建立"后东江特委"是基于当时斗争形势而做出的应对，组织机构的更迭要从一年前说起。1940年11月，中共中央决定在南方局之下设立两个工作委员会——中共西南工作委员会和中共南方工作委员会，作为南方局直辖的派出机构，南委由方方任书记，张文彬任副书记。

在中共南委成立的同时，决定撤销广东省委，设立粤北省委和粤南省委。1940年12月，粤北省委成立，由李大林任书记，饶卫华、黄康、尹林平等为委员。此时的东江特别委员会（简称东江特委）和前线东江特别委员会（简称前东特委）都属粤北省委领导。东江特委所管辖的是整个东江地区的基层党组织，而前东江和后东江分别是以惠州为界线的敌占区和国统区地域。

1941年2月，为了适应当时国内斗争形势，进一步健全东江地区的组织机构，充分发挥基层党组织在全民族抗战中的作用，粤北省委决定撤销东江特委，并派梁威林前往老隆组建中共东江后方特别委员会，也即"后东江特委"。当月，后东江特委成立，梁威林任书记，张直心任组织部部长。特委下辖龙川县委（书记黄韬）、紫金县委（书记麦任）、五华县委（书记余进文）、和平县委（书记曾源）、新丰县委（书记赵准生）、连平县工委（书记张民宪），以及兴宁、揭西、河源等地的党组织，有了遍布东江上游广大地区的基层党组织，促进了国统区抗日力量的不断发展。

但是面对国民党掀起的一次次反共高潮，在国民党统治区内的中共组织随时都有遭受破坏的可能，万一南方局遭到破坏，南方党的工作如何仍能保持正常活动，后东江特委便是中共高层在异常严峻的国内形势下做出的应变对策。

之后，廖承志重点问到了交通接待站的设立情况。梁威林便告诉他计划将河唇街的福建会馆，辟做营救文化人的中心站，同时把附近的"义孚行"和"香港东利汽车材料分行"（侨兴行）辟作机动联络点，在周边的县区也做出了相应的布置。廖承志听完之后，非常满意。

为防止在此重要节点出现纰漏，廖承志告诉梁威林，整个大营救工作，除了从海路往广州湾和其他路线走的人外，还有三四百位爱国民主人士和文化名人须经过老隆分流。且从白石龙到惠阳，从惠州到老隆，数百公里水陆兼程，沿路交通站虽有数十个，但中心站只有两个：一是惠州，二便是老隆。

廖承志还特别交代，从惠州到老隆，150公里水路逆江而上，沿途须经过横沥、观音阁、河源、古竹、仙塘、义合、黄田、蓝口、佗城等许多码头，每个码头都设有卡哨，江中还有巡逻的小电船，一定要安排好暗中保护。因为在江中躲避回旋的余地小，文化人又多是外乡人，安全问题更是重中之重。最后他再次向大家反复叮嘱，凡是从惠州来到老隆的文化人士，尽量不要久留，更不能公开露面暴露身份，一旦确定转移路线，要尽快转往韶关和兴梅地区。对于后东江特委辖地的水路沿线河源、紫金、龙川和陆路的连平、兴宁、五华、梅县、大埔等地，要重新建立交通联络站，并决定由连贯坐镇老隆福建会馆，统一指挥安排民主人士和文化人士在此处的大转移工作。第二天，廖承志便与乔冠华赶去了韶关。

第四章　穿越封锁线

伶仃洋的小艇，红海湾的帆船，澳门岛的民房，岐关路的客栈……承载和栖居的岂止一拨拨文化人士跋山涉水的疲劳之躯，还有一颗颗伟大的灵魂和中华民族的未来和希望。

一、伶仃洋上的小艇

廖承志在离开香港之前，把陈小秋的组织关系转给了刘少文和肖桂昌，以便留港协助刘少文开展营救工作。陈小秋原是中央苏区交通员，1938年调来八路军广州办事处工作，协助夏衍、郭沫若在广州办《救亡日报》。广州沦陷前，《救亡日报》迁往桂林，陈小秋与胡风、刘适宜等首批转到桂林。他的公开身份是救亡日报社营业部经理，在党内接受李克农（单线）的直接领导。

国民党在桂林也设有行营办事处，李济深为主任，李济深的秘书是陈小秋日本留学时的同学。因此李克农指示陈小秋利用这层关系和报社记者身份，多多接触李济深。皖南事变后不久，陈小秋去李济深办公室，李济深没有说话，只在纸上匆匆写下："清洗桂林，速告克农。"待陈小秋看完后，李济深马上将纸条烧掉，陈小秋立即回去向李克农报告。李克农获知情况后，马上组织桂林的文化人士转移去香港。

陈小秋有个兄长叫陈孔图，当时正在香港经营大中华酒店。陈小秋到香港后，把一大批文化人安排在大中华酒店，然后与夏衍去见廖承志。廖承志考虑到实际工作需要，交代陈小秋尽量争取留在大中华酒店做事，这样可为办事处多设立一个秘密联络站。陈小秋按照廖承志的指示，当即找到兄长商量，陈孔图安排他当了酒店总管。陈小秋利用这个身份和酒店的便利，协助八路军驻港办事处做了大量工作，从内地来港的文化人士和去南洋的进步青年，大都通过大中华酒店中转。

香港沦陷前，肖桂昌在北角成立了一间"国际政治经济研究所"，请了蔡伯华夫妇来帮手。陈小秋白天在酒店做事，晚间又去研究所兼职教日语。港九沦陷后，日军封锁了海上交通，但广州与香港之间仍有一条大货轮可以自由往来。此船是专门运送蔬菜到香港的，日本人在广州有个专门负责采购装船的办事机构，香港这边就由大中华酒店接货。大营救过程中，陈小秋利用这艘货船，送出了一些文化人士。陈小秋当时还有个背景是陈公博，通过陈公博的关系，除了在日本的办事机构做日语"通译"，还得到了一张日本人发的"特别通行证"，这为他自由出入、找人找船、转移文化人带来了极大的便利。

香港码头离大中华酒店很近，有位原在大中华酒店做事的工头，与蔡伯华一起搞了个"街渡"，专事走私送人送货，从中获利。从西线水路出港的，大多是通过地下党联系的"街渡"，首批试行开路的范长江走的正是这条线，后续还有夏衍、蔡楚生和华嘉等一批批选择的也是这条线。从这条线路离港，要先乘小船离开长洲岛，然后转乘大渔船跨越伶仃洋。

范长江

让范长江试行开路，组织上是有考虑的：范长江虽然只有两年党龄，却有应对突发事件的丰富经验。范长江 1909 年生于四川内江，是民国时期《大公报》的著名记者，在此之前考过军校，后来又在贺龙的部队当兵。1927 年参加了南昌起义，经历过战火的考验。1935 年 5 月，范长江以《大公报》记者的身份开始了著名的"千里走单骑"。这次西北之行，从上海出发，沿途经江西、四川、甘肃、内蒙等地，跨越大半个中国，历时 10 个月，行程 6000 余里，沿路采访考察，写下了所经地区的民俗民情及山川地貌，还特别记载了红军长征的真实情况，后结集出版了《中国的西北角》。此书一经面世即在国内引起强烈的反响。1936 年西安事变刚刚发生，范长江冒着生命危险前往西安，赶写出《动荡中之西北大局》，国人读后一片哗然。此时的国民党正在召开五届三中全会，大会的报告与范长江的报道大相径庭，蒋介石为此很是尴尬也大为恼火，下令追查《大公报》及范长江。但范长江无所畏惧，1937 年又与胡愈之组建"中国记者学会"。1939 年，他在重庆经周恩来介绍加入中国共产党，并指定由李克农与之单线联络。

香港沦陷后，梁漱溟也曾一度失联。廖承志非常担心，刘少文、潘柱也多次派人寻找，但一直没有消息。后来还是范长江通过萨空了，在一所中学里找到了梁漱溟和其他几位民主人士。梁漱溟是周恩来多次提及的重点营救对象之一，也是日本特务黑名单上的重点抓捕人物。廖承志在离开香港前夕，让范长江带着梁漱溟、陈此生、萨空了等人，首批从西线撤离，林平安排吴法等游击队员武装护送。他们先从香港到长洲岛，再从长洲岛换乘大船去澳门，路上几次碰到劫匪海盗，均被范长江、吴法等人化解过关。到达澳门之后，因为当时大船已被日军封锁，直接去广州湾的计划无法落实。范长江与当地党组织商量之后，马上改变计划，从澳门乘小船过海到都斛，转台城后走陆路去了内地。正是有了范长江他们这次成功的脱险经验，梁广、刘少文才下定决心，马上实施夏衍、司徒慧敏等大批人士的后续转移计划，但他们在转移途中所经历的困难险阻，一点也不比直接从陆路转移的队伍轻松。

夏衍 1900 年生于浙江杭州，原名沈乃熙，

夏衍

抗日战争爆发后，他参与建立"上海文艺界救亡协会"，并指导组建"救亡演剧队"。创作了《咱们要反攻》《保卫卢沟桥》等剧目，同时担任上海《救亡日报》的总编辑。1937年上海沦陷，他与《救亡日报》转到广州。1938年10月广州沦陷后，他又与《救亡日报》转到桂林。由于夏衍不断揭露国民党统治下的黑暗内幕，皖南事变之后《救亡日报》遭查封，夏衍面临着被抓捕的危险。1941年春，李克农安排把夏衍转到香港，在港不足一年，他又得转赴桂林了。

　　1月4日晚上，陈曼云通知司徒慧敏、夏衍、蔡楚生、金仲华、金山、王莹、郑安娜、谢和赓、郁风等近20人做好准备，第二天一早出发。翌日凌晨，夏衍等21个人集中在住所附近的一家餐饮店里。天还没有亮，大家简单地吃了一点早餐，出发前每个人都准备了一些干粮和水，为免被人认出，大家还化了装。夏衍平时是大背头，西装革履，此时把头发弄乱了，穿一身棉布夹袄，再套上一件棉背心，戴上一顶毡帽，俨然一副小老板的模样，取个假名叫"黄坤"。同行的王莹扮作一位村妇，穿一身碎花的对襟小棉袄，下穿一条薄薄的棉裤，一头乌发盘成了一个髻，像极了一个刚刚嫁入夫家的小媳妇。其他人，有的扮作小市民、有的扮作烂仔、还有的扮作流浪汉——大都头发散乱，服饰脏旧，脸上还有一道道黑色的污渍……

　　本来约好1月5日早上7点在西环一处偏僻的码头上集合，但因为怕出门太早，会惊动住在对面的日本兵，直到拂晓时，才分批走去海边码头等候。到了码头，船还没来，负责保护的便衣只好把他们带到鱼栏的楼上暂避。事不凑巧，从7点等到9点，雇好的大船被日军检查时强令开走了，地下党只好临时又去雇了一条小船，此间又耗去了两个小时，到了11时，才终于上了一条船。20多人、三四十件行李，把那条宽不满三尺、长不过三丈的小船塞得满满当当。

　　若在正常情况下，从香港到澳门也就6个小时左右，但是由于此时关卡太多，从香港到九龙，从九龙至长洲岛，一路上都是检查，因此走走停停，抵达澳门时已是 1 月 9 日的下午。而此时的澳门，与范长江他们过境时的情况又大不相同，不单是雇不到大船，连小船也被日军全部查封，大小船只都在日本人的掌控之中，港口码头更是岗哨林立。当时控制着澳门的葡萄牙虽属中立国，但日军忙于抢运战争物资，把澳门到各个口岸的船运交通强行中断，并调用大批澳门的船只参与抢运物资。鉴此情况，澳门地下党只能先安置这批人住下来，这一住就是 10 天。文化人长时间困在澳门，情况十分不妙，此时摆在澳门地下党面前的只有两种选择：一，从澳门到石岐，经沦陷区到肇庆，此路须持良民证并要通过日军多处哨卡；二，由澳门雇走私小艇到南北水，再转台山都斛，上岸后进台城转陆路。

从路程来对比，后一条比较快捷，但情况更加复杂，出澳门要偷越日军在海上的外围防线，经过的三灶岛又是日军驻守的船坞码头，南北水更是各种势力交错的复杂地带：有汪精卫的"南支那海军陆战队"；有常在港澳台山等附近岛屿的走私团伙；更恐怖的是，还有上千名各种派别的海匪、强盗、散兵游勇、专营打家劫船的"捞家"。而且这里的劫匪手段残忍，雁过拔毛，他们猜到过往的行人往往会把钱币藏在衣服鞋袜处，事先便会给你准备一套旧衣服，行劫的时候，要行人从外到内，衣裤、袜子一起脱下来翻检搜查。故在出发前，向导要夏衍他们把钱币用橡皮胶粘在脚底，以防打劫。

1942 年 1 月 19 日，夏衍一行在澳门乘船再次启程，原计划 12 时可以到达南北水的，但没想到，快到登陆地点时碰到了敌人的检查，护送人只得迅速掉转船头返回海中。折腾了一夜，兜了一个大圈，又折回了澳门的海面上，直到天黑时，才抵达都斛的港口。更为惊险的是小船经过三灶岛时还碰上了日军的巡逻艇，一个军曹和两个士兵跳过船来，大声喝道："你们，什么的干活？去什么地方？"小船上有人懂日语，也知道鬼子在问话，但此时都不敢回答。

夏衍曾留学日本，先后在日本明治专门学校及九州帝国大学读书，对于日语，他自然是会听也会讲。情急之下，夏衍立即站起来，用日语回答军曹的问话："香港闹粮荒，我是疏散到农村去的小商人，船上的这些人，有些是难民，有些是返乡的小市民，都想去乡下寻条活路。"那个军曹一边听一边拿眼扫着船上的人。这时，一个日本兵发现王莹脸上有化装的痕迹，神态又特别紧张，便向军曹报告。军曹盯着王莹问夏衍："你不是说他们都是难民吗，怎么还要化装？"听此一问，王莹吓出一身冷汗，这位演过赛金花的著名演员，为自己的粗心大意万分懊悔。夏衍听后微微一笑，对那位军曹说："她是一位新娘子呢，嫁到夫家才两天。这是女人一生中最隆重的日子啊，请太君理解。"听夏衍如此一说，船上的气氛缓和了一些，夏衍又赶紧转移了话题："听太君口音是九州那边的人吧？那可是个好地方。""是呵，我是福冈县的，唉，已经离开家乡4年了！"军曹挥挥手，"行了，你们，开路开路的吧。"

都斛上岸后，一行人从开平到肇庆，从肇庆上船到梧州、柳州，直到2月5日才抵达桂林，一路上虽然也遭遇了国民党散兵游勇的敲诈、地痞流氓的骚扰，但由于有游击队员的保护，倒也有惊无险。从1月5日至2月5日，整整一个月时间，由于消息闭塞，夏衍他们在路上的情况他人无从知晓。此时，不单是留在香港的刘少文、梁广心急如焚，远在桂林的田汉、欧阳予倩等也一直在为夏衍他们担心。他俩曾联名给夏衍发了一封电报，但却石沉大海。

传闻里时常都是不祥的消息，有的说夏衍他们乘坐的船只，在广州湾被日军的炮火击沉了；还有说与夏衍同船的某女士被日军揪住时，夏衍上前交涉，被日军杀害；更玄的是《桂林晚报》，竟用黑体大字刊登出这样的一条消息：留港作家夏衍等殉国。这一条消息一经刊出，许多人信以为真，感到非常悲痛。在夏衍一行还没来

蔡楚生

到桂林之前，桂林方面文化人士正准备为夏衍等召开追悼会，当夏衍、蔡楚生、司徒慧敏等突然出现在桂林时，大家欢呼着去迎接、拥抱，追悼会旋即变成了庆祝脱险归来的欢迎晚会。田汉更是欣喜若狂，激情难抑地赋诗一首《欢迎夏衍安全抵桂》，诗云：

> 高歌一曲动华筵，老凤新声似昔年。
> 碎玉正悲香岛远，衔杯何幸桂江边。
> 割须不作行商状，抵足曾同海盗眠。
> 且把犁锄收拾好，故乡犹有未耕田。

二、红海湾中的帆船

滞留在港的何香凝一家在刘少文、潘柱的安排下，暂住在九龙蔡廷锴将军的房子里。蔡廷锴是十九路军的司令官，曾在淞沪大战中以顽强的抵抗打出了中国军队的声威，让日军3次易帅，对峙到最后，双方最终签订停战协定。早在1938年，港战爆发之前，日本特务就曾在香港收集情报和侦察地形，蔡廷锴的房子就已成为了日本特工的一个重点监视目标。他们实在不敢相信，这座房子的主人竟曾用区区一个军，在没有空中火力配合的情况下，在淞沪会战中与他们的几个师团整整抗衡了33天。蔡廷锴的英雄壮举，坚定了全民族抗战的信心，也让日本侵略者领教了中国军队的顽强与勇敢。

香港地下党正是考虑到蔡廷锴将军与日本人的这段"宿怨"，在帮助蔡家的成员安全转移之后，便不同意何香凝一家继续住在这里。因为在此之前，蔡府刚刚遭到日本兵的搜查，日本兵没搜查到蔡廷锴将军的家人，一个日本军官便盯着何香凝盘问："你是干什么的？"何香凝用日语回答是给蔡家看房子的，日本军官又问她为何会日语，何答原在日本开茶叶店，日本军官问来问去，没有问出什么有用的线索，不久便走了。为了安全和便于撤离，地下党组织把何香凝送到了离蔡府不远的李济深家中暂住。果然不出所料，刚将何香凝一家转移出去不久，日本兵即把蔡府控制起来。

1942年1月4日深夜，谢一超来到李济深的府上，通知何香凝马上随他转移。何香凝有些措手不及，除了吩咐儿媳经普椿赶快收拾行李，自己则想去蔡府搬那些已经打包好的字画。但因情况紧急，谢一超一再要她简装上阵，越快越好，并答应剩下的东西，他一定另派专人回来搬运。何香凝实在舍不得自己多年收藏的墨宝，但想到眼前的危急，自己年近花甲行动不便，经普椿又身怀六甲，下边还有个刚学会走路的小孙女廖兼，这老老少少星夜出逃，什么东西也带不动，只好轻装上阵。挑来挑去，最后只挑了些换洗衣物，装个皮箱出门。谢一超刚把何香凝一家接出，即派人回去搬运行李。但此时的蔡府门口已有荷枪实弹的日本兵把守，李府也被日军控制起来，谢一超的人根本无法进去，这批字画的丢失，让何香凝颇感痛惜。

与何香凝一家同行的还有柳亚子父女二人，柳亚子曾有一段回忆文字记叙当时的情况："一九四二年的元旦，我们仍在云咸街，看到日本人升起很大的气球，上面漆着血红色'恭贺新年'四个大字，觉得非常刺目。这时候，我已不想生离香港的了。谁知绝处逢生，佩宜妹妹的儿子徐文烈，忽然领了一个青年来，自称小潘（潘静安），是承志的部下，说承志已离开香港，他受了嘱托，想用船把我和廖夫人送去，因为知道我们是不能用两脚来走路的，所以只好从海道上设法了。"[1]

从海上走需要船只，而且此次选择的是东线海路，这又得靠廖安祥来张罗了。1925年春，只有18岁的廖安祥从梅县丙村只身来到香港，在父亲待过的义顺行打杂，从打杂干到货店管理，十余年来，除了熟悉香港的航运贸易、进出贸易业务外，还结识了许多朋友。他参加过省港大罢工，参加过蔡楚生、陈曼云主持的"救国宣传训练班"。连贯通过对这个小老乡

---

① 柳亚子：《柳亚子自述》，人民日报出版社2012年版，第234—235页。

的深入了解，觉得这是个机智灵活、思想进步的客家青年，便把他发展成
为共产党员和地下交通员，组建八路军驻港办事处时介绍他与廖承志相识，
随后做了廖承志的交通员。

八路军驻港办事处成立之初，廖安祥利用义顺行楼下的行李仓作为秘
密联络点，从各处寄来的密信，包括由重庆南方局寄来的《群众》刊物等，
都由他转交地下党员梁上苑联系处理，由南洋等地来港的交通员亦由他与
梁上苑负责联络接待。

1938 年 10 月 21 日，广州沦陷，省港的运输交通线被日军切断。为开
辟新的交通线，廖安祥根据连贯的安排，与彭东海、叶钦梧合股开办"香
港东利运输公司"并在惠阳淡水设立办事处，打通了香港—沙鱼涌—淡
水—惠州—老隆及兴梅等地的货物运输线。日军入侵淡水后，门店遭劫，
商行关闭，廖安祥将所获红利交给党组织。连贯派谢一超回汕尾购来了两
条机帆船，交给廖安祥的朋友刘永福打理，正是这两艘大帆船在港战爆发
之后的抢救工作中，发挥了重要的海上运输作用。

一同参与此次转移何香凝、柳亚子行动的，还有李健行、谢一超、刘
永福，他们既是廖安祥一条战壕中的战友，也是在香港"生意场上"多年
的搭档。无论是海上交通站的建立，还是运送文化人士过海，都有赖于这
两艘帆船和这批勇敢的"水手"。

何香凝一家和柳亚子父女二人被接出之后，廖安祥先把他们安排在海
丰人居住的鸭蛋街海丰公馆，后又转到避风塘的海上交通站住下，原计划
在船上暂住一两天，待谢一超的帆船一到立即转移。可是没想到这几天日
军特别加强了对海上的巡逻，而且限令大小机动船只一律拆除机器，谢一
超的机船也被拆除了机器。因此，何香凝、柳亚子等在那艘"大眼鸡"的
大驳船上一住就是 10 天，更麻烦的是那时候香港粮食奇缺，每人每天限购
4 两大米，黑市上的米价飞涨且不容易买到。幸好刘永福做事细心，事前
准备了一些大米杂粮，才勉强凑合着熬过了 10 天时间，不至于让何香凝、
柳亚子等在船上挨饿。

　　1942年1月15日，帆船终于可以动身出发了。出发这一天，廖安祥再次来到船上，他对护送的谢一超和驾船的刘永福千叮万嘱，无论遇到什么情况，都要克服困难，把他们安全送到海丰。随后又去与何老太太和柳亚子辞行，并告知因连贯另有重要任务交他去办，不能与他们同行，海丰那边已安排好人接应，让他们放心。

　　在正常情况下，从香港到汕尾的马宫港最多也就两天两夜的时间，但刘永福做事向来稳当，他让船员备足了5天的食物、淡水。当天晚上，帆船开到了长洲岛，第二天一早便扬帆出海向汕尾的方向开去。没想到到了半夜时分，船刚开进大海，便遇上了风暴，帆船上因为没有机器动力，无法抵挡猛烈的暴风雨，真如一叶轻舟在茫茫的大海中漂荡，船上的老老少少呕吐不止，头昏脑涨。天公好像故意要对这一行人进行考验，第三天、第四天风暴仍无减弱，一直到了第六天，风暴才渐渐地减弱。刘永福凭着自己的航海经验，始终紧紧地把住舵向，向东、向东、一直向东，终于将帆船开到汕尾的海面上，但此时船上的淡水和粮食都已告罄，谢一超、刘永福焦急万分。谢一超担心何老太太和柳亚子，赶忙过去照顾他俩，没想到何老太太非常坚强，在面临绝境的时候，仍随口吟出一首绝命诗来：

　　　　水尽粮空渡海丰，敢将勇气抗时穷。
　　　　时穷见节吾侪责，即死还留后世风。

　　这一首诗作，在生死攸关的危急时刻，激发了一船人无穷的勇气和信心。真是天无绝人之路，正在此时，远处出现了两艘汽艇，刘永福说可能是国民党部队的巡逻艇，谢一超又怀疑是打劫的海盗。待那电船驶近时，已可以看见巡逻艇上着军装的士兵，一个当官模样的站在船头大声喝道："你们是什么人，快接受检查。"谢一超看到是国民党军的部队，赶忙高声地回答："我们是载客的，何香凝先生等困在船上，遇到暴风雨在海上漂了7天7夜，早已经断粮断水了，请予救援！"

说来也巧，这拨人不是当地驻军，而是蔡廷锴十九路军的一班老部下。队伍打散之后，他们自己拉起了抗日队伍，最近又与曾生的游击队接上了线，曾生要他们沿海保护、接应从香港逃出来的难民。听闻何香凝和柳亚子在船上，电船上的士兵立即用一条小艇给谢一超他们送来了几袋番薯和淡水，其中还有一小包奶粉和烧鸡等食物，写着"请交给何老太太"。何香凝非常感激。柳亚子望着眼前这一幕，老泪纵横，不由得诗兴大发，即席赋诗一首：

> 无粮无水百惊忧，中道逢迎舴艋舟。
>
> 稍惜江湖游侠子，只知何逊是名流。

1942年1月23日傍晚，帆船终于开进了海丰马宫港码头，在当地党组织的安排下，来到了红草新村。何香凝一家住在杨咸兴家，柳亚子父女住在杨兴昌家里，谢一超留下再专程护送，刘永福则驶船返回香港。

三、西出岐关有故人

夏衍、柳亚子等人顺利撤出香港之后，胡仲持特地找到华嘉告知此事，并向他透露了一个最新消息：接下来可能要安排他们撤退了。华嘉当时心里想，滞留在港的文化人士有数百人之多，且大都是著作等身、德高望重的大作家、大学者，他们几人只是《华商报》的小记者、小编辑，年轻力壮、无家无小，党组织一时也顾不过来。他对胡仲持说，我们还是做好自我撤离的准备吧。胡仲持不同意，说道："日军严控下的香港，人生地疏，无船无车，想自行撤离，谈何容易！你千万别轻举妄动，老老实实地做好隐蔽，等待上级的通知，该处理的家什尽快处理，准备轻装上阵，党组织和东江游击队一定会管我们的。"

华嘉听了胡仲持的话，把多余的衣物和用具都交给了陈荣阜去处理，凡是能出售的东西都换成了钱，准备转移路上用。到了 1 月 10 日，还没见到有人来通知他们转移，华嘉放心不下，专门跑去大中华酒店找陈小秋，打听出港路线和时间安排。但陈小秋没在，只从蔡冷枫处了解到一些情况，蔡冷枫说："具体时间安排要听候刘少文的通知，陈曼云会与陈小秋联系，应该是最近，请回去候命。"

1 月 11 日，香港沦陷后的第 17 天。这天一早，谢加因突然通知华嘉当天中午出发，经长洲岛去澳门，马上收拾行李，1 小时后集中。华嘉庆幸事先已有准备，中午 12 时，他跟着谢加因往西营盘海边的小码头走去。谢加因出发时，一再交代路上见到熟人不要打招呼、不要说话，放心地往前走，前后都有游击队的便衣跟着。来到码头上船时，谢加因一点人数，还差两人未到。在大家焦急等待的时候，来了 3 个穿黑衣服的人，扬言要收保护费。站在船上的船工，把竹篙往船边狠狠一插，双眼一瞪，撸了撸袖子吼了句："十八仔，想食咸水？有无搞错！"那几个小流氓一见阵势，慌忙缩了回去，原来那位船工是游击队的便衣，腰间还藏有驳壳枪。

人齐后，小船从西营盘向长洲岛开去，按照平时经验，西营盘到长洲岛也就两个多小时的船程，天黑之前应该便可到达。长洲岛是香港西南方的一个小岛，有居民 2 万多人。岛上很早就有党的地下组织和自卫武装，开始是刘志明在岛上领导，后来刘志明身份暴露，便由陈亮明接替。他们在岛上组织了"新青体育会"和"病灾救济会"，把许多进步人士吸收进来，甚至连英国警察也有参加活动。

港九战役爆发时，英国人撤走了，小岛成了"真空地带"，陈亮明马上把群众组织起来维护岛内治安。岛上大多是渔民，家家都有枪，陈亮明很快就组织起了一支有 200 多人、七八十条枪的自卫武装。大营救工作开始后，陈亮明主要接受潘柱的领导。经长洲岛秘密撤出香港的，除了有最早的夏衍、蔡楚生、司徒慧敏、金山、金仲华等人之外，何香凝、柳亚子等也是经长洲岛转去海丰的，后来的李少石、廖梦醒夫妇还在长洲隐蔽了 18 天，才转去澳门。

　　日军接管香港之后，在长洲岛派驻了一个日军大队和一营伪军，在海边码头和交通要道设立了几个检查站，每个卡哨都有日伪军把守。谢加因、华嘉一行来到长洲岛后，在一家渔栏楼下的货栈里偷偷住了下来。一住就是3天，原因是日伪军加强了对船只的管控，一时无法出岛。原来驻岛日军大队长从香港开会回来，发现码头渔船开走了不少，料想一定是有人偷渡出岛，便把岛上维持会会长和各卡哨的负责人召集起来，一口气宣布了4条紧急禁令：不准擅自离境；禁止渔船出海；外来接受检查；外出须持证件。面对突如其来的变故，陈亮明很是焦急，文化人长时间困在长洲岛，十分不安全。到了第四天，陈亮明把谢加因、华嘉一行分作3批，每批3人，乘夜晚从货栈后门走出，先在海边乘坐小舢板，然后转到海上的大渔船，前往澳门。

　　到了澳门，谢加因、华嘉一行被澳门地下党组织安排在一幢民房的楼上住了下来。此时从澳门出发只有两条路可供选择：陆路就是走岐关，水路就是再雇船到都斛。两条路都困难重重，前者要经过沦陷区，后者则苦于难以雇到船只。范长江在澳门时，曾对当地地下党负责人交代，若是后续到来的年轻人，一时找不到船只，建议试走岐关路，如果走得通，以后还可多安排一些年轻人走这条路，谢加因、华嘉等人便决定走岐关。

　　要走岐关路，各种证件、手续繁多。首先要到澳门一个挂着"澳门细菌检验所"的机关，填写一张出澳申请书，拿到盖着红印章的申请书后，又得去日本人的机关办理"通行证"。华嘉一行忙碌了3天，总算办齐了这些证件。1月18日，谢加因打头，华嘉在后，各人背上轻轻的行囊，离开澳门踏上了岐关路。

　　所谓的岐关路，就是从澳门的关闸到中山县城石岐的公路。此时的这条公路

日军盘查路人

上，设了许多日军和联防队的哨卡，每个哨卡都要检查通行证和良民证。在日本机关办了通行证，还要去伪警察局办"良民证"，无非是变着法子多收些过路钱。而所谓的"良民证"，只是一张白布条子，布条上写着姓名、年龄和性别，伪警察局既无存根，布条上也没贴照片，只盖了个大红公章。

一行人到了石歧，住进了小旅馆，第二天买到了开往江门的船票便离开了。1 月 20 日，从江门上岸后，他们又走了 30 公里路到杨梅乡，被当地地下党组织安排，在归侨招待所住了一晚，第二天赶往肇庆，又走了 30 多公里路。此时的华嘉一行 9 人都已是行囊空空，大家把钱凑起来还不够开间客房。正在窘迫犯难时，肇庆的地下党组织找到了他们，解决了他们 9 人的食宿问题。接下来，同行的出版界知名人士孙旺心、赵晓恩又通过商务印书馆的熟人，筹集了一些盘缠。1942 年 1 月底，谢加因、华嘉一行 9 人终于到达了桂林，与先期到达这里的文化人士会合。

四、冲过"无人地带"

著名的科学家、科普作家高士其是较后一批从香港营救出来的，按原计划他应该是随第一批撤离香港的，但由于身体原因，便一拖再拖，直至 4 月初，香港交通逐渐恢复通航，刘少文才开始策划他的出港转移路线。

高士其 1905 年出生于福建，1925 年毕业于清华大学。原名高仕錤，1935 年在艾思奇主编的杂志上发表文章时，署名高士其。朋友问及起此

笔名是何意思，高士其回答不是笔名是改名，去掉"人"字旁不当官，扔掉"金"字旁不为财。朋友对此不甚理解，因为高士其是当时国内为数不多的留美科学家，很容易在南京政府里找一份职位显赫、待遇不菲的工作，却没想到在李公朴和艾思奇的影响之下，思想转变是如此之快。1937 年卢沟桥事变后，抗日战争全面打响，高士其立即计划奔赴

高士其

延安参加抗日救亡运动。他从上海转南京，经汉口转西安，千里单骑，舟车劳顿，历时一个多月，终于在 11 月 25 日抵达陕北。这是第一个投奔延安的留美科学家，受到了毛泽东、周恩来、朱德等中央领导的热烈欢迎和格外关注。此时的解放区，生活和工作条件都相当艰苦，为了让高士其安心工作，发挥专长，党中央便安排他在陕北公学任教兼搞科研。由于他在美国留学时，试验一种叫脑炎过滤病毒时不慎被感染，身体受到极大的损害，落下终生后遗症。考虑到他的身体状况，组织还为他配备了一名红军战士当护士兼秘书。高士其到职后，非常积极地投入工作，不久就在延安牵头发起成立"边区国防科学站"，并向党组织递交了入党申请书。

1939 年春，高士其病情加重，由于延安的医疗条件较差，为了他的身体尽快康复，党中央派专人送他来香港治疗，八路军驻港办事处为他联系到香港最好的医院——玛丽医院。因为玛丽医院是英国皇家贵族医院，住进这里的都是些非富即贵的有钱人，医院对高士其这个穷病人有所歧视。住了不久，医生说他有疯癫症状，需隔离治疗，硬把他转进精神病院。香港地下党组织获悉后，经多方交涉，才把他从精神病院接了出来。为了让高士其安心养病，香港党组织在九龙城租了个房子，并派了一位叫谢燕辉的进步青年协助护理。港战爆发之后，党组织一度与高士其失去联系，廖承志、连贯在出港前，曾多次派人去寻找，一直没寻着。后来是刘少文通过潘柱等地下党员才找到了高士其，并具体安排由黄秋耘全程负责护送高士其撤出香港。

黄秋耘 1918 年出生在香港，在香港读完了中学后，同时考上了香港大学和清华大学，他最后选择了清华大学国文系，1936 年加入中国共产党。港战爆发之初，连贯考虑到他是土生土长的香港人，熟悉情况，特派潘柱与黄秋耘联系，并交代三个任务：（1）侦查英军投降前埋藏的枪支弹药，立下标志，绘制地图，交手枪队晚上去挖掘，送回游击区；（2）设法在黑市上购买各类药品及物资，特别是消炎药和通信器材，存放在大中华酒店；（3）协助联络滞港的爱国民主人士和文化人士，伺机转移出港，其中特别提到病重的女作家萧红和科学家高士其。商定的联络地点是大中华酒店，各项工作的进展情况，如找不到潘柱，可与陈小秋联系。

陈小秋在香港大中华酒店做主管，酒店位于上环干诺道，是港岛的中心地带。这家酒店楼高6层，客房很多，生意一直非常好。香港沦陷前，这就是八路军驻港办事处的秘密交通站，日军控制香港后，为了搜查抗日分子和文化人士，把酒店也严密地监控起来。由于人手不够，又把原来的印度巡捕接管过来，港人称这些看守酒店的为"摩罗差"，也有人叫他们"红头阿三"。这些印度巡捕原是港英政府的警察，被日军接管后并不那么死心塌地效忠"天皇陛下"，地下工作人员经常请他们喝酒，把他们灌得烂醉，然后就利用酒店的后门，把居住在酒店的"客人"转移到海边的小船上，一批批偷渡出港，给转移工作带来了不少便利。

此时的高士其被地下党安排在港岛的一间小民房里，由于买不到一种专治此病的特效药物，他的病情日渐严重，不仅行动困难，连吃饭穿衣都需要别人帮助，根本无法随队转移。1942年4月，香港至广州的轮船通航，刘少文决定选择水路护送高士其出港，他让黄秋耘先把高士其转移到大中华酒店，由陈小秋负责落实船票。黄秋耘按照刘少文的指示，在出发前备好了一副担架和常用药物，并在出港的进步青年中挑选了10人随行，这也是刘少文反复交代的，护送的人不能太多，也不能太少，太多目标大容易引人注意，太少了又怕路途中照顾不过来。待一切准备就绪，黄秋耘向高士其交底，他俩对外是舅舅和外甥的关系，统一口径是去广州医院就医，即使是同行同路，都对其的真实身份严格保密。

在去广州的途中，碰到日军的检查，日军军官带着通译对旅客逐个盘问。因为"舅舅"不会广东话，黄秋耘只好让他装成哑巴。每一回碰到检查盘问时，都是黄秋耘出来"挡驾"，他说"舅舅"病了很久，耳聋口吃已说不出话了。加上高士其确是重病缠身，日军军官上下打量高士其，见他瘦骨嶙峋，面色苍白，时不时一阵咳嗽，便赶忙捂着鼻子走开了。

船到了广州，上岸后原打算入住西濠酒店，店老板看到高士其一副病恍恍的样子，怎么也不同意让他们入住。黄秋耘苦苦哀求，店老板两手一摊地说：实在没办法，若是有病人死在酒店里，日本人起码要封店一个月。黄秋耘好说歹说，店家就是不肯开房，无奈之下，黄秋耘只好雇了一部人力车，让高士其坐在车上，自己跟在车后面跑。人力车夫问上哪，黄秋耘说找旅馆，哪里有便去哪。结果人力车夫拉着高士其，找了一家又一家，跑了好几条大街小巷，全碰了钉子。黄秋耘一咬牙，愿出双倍房钱，但最终还是住不进去。看着疲惫不堪的高士其，黄秋耘心里真是难受极了，高士其却咧开嘴角淡然一笑。最后还是高士其自己想到去医院试试，可能有路。

黄秋耘他们来到博济医院，巧合碰到一个认识高士其的医生，他竟用英语叫出了高士其的名字，高士其微闭着眼，只是"嗯嗯"地应答着。黄秋耘赶紧向医生使了个眼色，医生即去找来这家医院的日本院长。院长一看是个面部抽搐、嘴角留涎的病人，果然同意将他收治入院。在医院住了3天，待黄秋耘安排好后续行程，马上接高士其"出院"启程北上。

从广州至清远，要穿越敌占区到国统区，在敌占区和国统区的边界处，还有一段"无人地带"，这段"无人地带"位于三水和芦苞之间。所谓"无人地带"，是在一片空旷荒凉的野地上，南边有日军的岗亭，北边有国军的岗亭，除了卡哨之外，还有一股土匪，潜伏在浓密的树林里，伺机在此伏击行人，拦路抢劫。经过这里的旅客，必须成群结队地跑步过去，当地人叫"走匪"。了解到这一情况后，黄秋耘头都大了，高士其连走都困难，怎么跑呢？他只好把随行的青年学生召集起来商量，并要求大伙同心协力，帮助"舅舅"过此难关。这班学生毕竟是进步青年，热心、仗义也勇敢，大家认为抬着担架走没有背着跑得快，决定轮流背，一个背累了第二个接着上，换人时要快，不能停顿也不能放慢速度，左右前后各用一人掩护。"无人地带"有2公里之遥，开始穿越时，青年学生们像跑接力赛一般，一个接一个、一程接一程地背着高士其往前跑。快过完"无人地带"时，高士其见大家都累得满头大汗、气喘吁吁，还剩下最后一点距离时，非要自己下来试试。他咬紧牙，攒足劲，一步一歪地往前倾，没走两步便一个趔

趄，若不是黄秋耘扶得快，险些撞在铁丝网上。高士其虽然跑不动，但那种乐观的精神和滑稽的动作，让大家既好笑又感动。

到了清远之后，黄秋耘既没有选择走范长江的那条路，也未走后来华嘉一行走的那条路，而是选择从清远继续北上韶关，从韶关再拐道广西。途中他们历经许多困难险阻，走走停停，前前后后，用了快一个月的时间才抵达桂林。

五、港岛生死场

在整个大营救行动中，萧红是唯一的一个没营救出来的作家。没救出来的原因不是措施不当或者保护不周，而是因为她重病在身，早逝于港。

早在 1934 年，年仅 23 岁的萧红来到上海，经鲁迅介绍认识了茅盾、聂绀弩、叶紫、胡风等一大批左翼进步作家，并加入左翼作家联盟。不久，萧红、萧军、叶紫等在鲁迅的支持下，结成文学"奴隶社"，1935 年萧红的中篇小说《生死场》，便以"奴隶丛书"的名义在上海出版，鲁迅为之作序，胡风为该书写后记。该书一经面世，即在文坛引发巨大轰动。随后，萧红作为发起人之一，与鲁迅、茅盾、巴金、叶以群等 67 位作家联合签名发表《中国文艺工作者宣言》。宣言中呼吁抗日，反对内战，号召爱国文艺工作者积极行动，为祖国解放、民族独立而斗争。

以一部《生死场》奠定在中国文学史上地位的女作家萧红，1940 年 1 月与端木蕻良一起来到香港，居住在九龙尖沙咀乐道 8 号。萧红他们的到来，受到在港文化人士的热烈欢迎。2 月 5 日，文艺界抗敌协会香港分会，在大东酒店为他们举行欢迎会，廖承志、连贯等参加了欢迎会。欢迎会后，萧红与端木蕻良、许地山、戴望舒等，开始策划筹备鲁迅先生诞辰 60 周年纪念会。1940 年 8 月 3 日下午，香港大雨如注，在港的民主人士和文化名人，穿着雨衣，打着雨伞，络绎不绝地走向加路连山的孔圣堂。许地山主持会议，萧红在纪念会上详细介绍了鲁迅先生的生平和以笔为枪的战斗精神。

　　她崇拜鲁迅，也发扬了鲁迅的战斗精神，在香港的短短两年时间里，写出了《呼兰河传》《马伯乐》和《小城三月》等诸多作品。1940 年 9 月，《呼兰河传》开始在胡文虎创办、主编的《星岛日报》上连载，于 12 月 20 日连载完全文。1941 年 4 月，美国著名作家史沫特莱途经香港，得知萧红身体不适，特地到九龙寓所看望病中的萧红。港战爆发前，廖承志先后委托于毅夫、柳亚子前往看望。日军开始进攻九龙时，柳亚子再次冒着炮火来到尖沙咀乐道 8 号的萧红寓所探望，此时的萧红已是卧病在床。萧红接过柳亚子送来的鲜花，倚枕落泪。柳亚子好言安慰，并当即赋诗《赠萧红女士病榻》，诗云：

> 风雪龙城愁失地，江湖鸥梦倘宜家。
>
> 天涯孤女休垂涕，珍重春韶冀未华。

　　随后，柳亚子又叫端木蕻良去找刘清扬女士帮忙，要他们尽快把萧红转移到香港岛安全的地方，以避战火。后来还托人送去 40 美元给萧红治病，这笔钱对当时的柳亚子来说不是个小数目，这让萧红十分感动。

　　刘清扬是中国共产党早期党员，曾与邓颖超一起创办《妇女日报》，被誉为中国妇女界的一面旗帜。皖南事变之后，她因积极呼吁反蒋抗日，遭到国民党特务的监视。后来在周恩来的亲自安排下，她从桂林转到香港，继续组织抗日救亡活动。她充分利用自身的影响力和华侨的帮助，不仅在港创办了中华女子学校，还结识联络了一大批爱国民主人士和文化人士。刘清扬得知萧红的情况之后，当天就在港岛为萧红找到了住所。

　　12 月 9 日晚，日军进攻九龙的炮火愈加猛烈，九龙至香港的公共汽车、轮渡已全部停开，为避日军轰炸，港九实行灯火管制。香港地下党组织派于毅夫、骆宾基协助端木蕻良护送萧红去港岛。于毅夫几经周折，好不容易高价雇来了一艘小渔船。当天晚上，端木蕻良和骆宾基用担架抬着萧红，悄悄来到尖沙咀码头，坐着小船穿越海峡，来到港岛铜锣湾的一所公寓。

此处是张学良一个部下的房子，萧红感觉不方便，便又住进了思豪大酒店，这也是刘清扬联系张学铭（张学良弟弟）订的房间。当天深夜，《大公报》记者杨刚（地下党员）也到酒店看望了萧红，并将萧红的病情向刘少文做了汇报。

香港保卫战打得非常激烈，日军不时对香港的军事设施进行炮击，思豪大酒店也被炮弹打中，起火的酒店一片混乱，骆宾基随着疏散的人流，将萧红背到一所空别墅里，梅兰芳当时也在这里面。由于避难的人太多，地板上都打不下地铺，端木蕻良和骆宾基随后又将她转移至连道7号的周鲸文家中。但不久，周鲸文的邻居遭到炮击，萧红又转至德辅道中16号的罗士打大酒店。不料当晚酒店遭到炮击，且很快便被日军占领，萧红又被转至何镜吾家落脚。12月19日，萧红等人再迁至皇后大道背后的民房里，两天后又搬到中环一家裁缝店中居住。24日，又转到周鲸文在士丹利街的时代书店仓库中安顿下来。隔天，港英政府投降，香港沦陷，廖承志再派于毅夫来通知端木蕻良，并叮嘱他们，随时保持与组织联系，香港地下党组织正在着手策划营救工作，组织已对他们夫妇的撤退做好了安排；一旦萧红身体稍好，只要能起床行走，即可派人护送他们出港。

此时的萧红，因战火蔓延，居无定所，一日三迁，既找不到医生，也买不到药物，病情日益严重。1月5日，夏衍、蔡楚生等一批走水路离港，1月8日，茅盾、张友渔另一批走陆路离港。每一次于毅夫都向刘少文报告，病重的萧红根本无法随队转移出港。别说自己行走，就是用担架抬着都有生命危险。到了1月12日，端木蕻良和骆宾基把萧红送进了跑马地的养和医院，主治的医生姓李，诊断说萧红患有喉瘤，必须马上手术切除。端木蕻良不同意手术，但萧红求医心切，自己在手术单上签了名字。医生切开喉管之后却没发现任何肿瘤。更为糟糕的是，萧红手术后伤口化脓，喉管肿胀，此时的消炎药物又全被日军严格管控。1月18日，几度昏迷的萧红被送到玛丽医院，这是设备最好的英国皇家医院，医生给萧红安装了喉口呼吸铜管，从此萧红便无法开口说话。第二天深夜12点，萧红打着手势要来纸笔，写下："我将与蓝天碧水永处，留下那半部《红楼》给别人写了。"接着又写下："半生尽遭白眼冷遇……身先死，不甘，不甘。"

1月20日，玛丽医院被日军接管征用为军队医院，专门收治港战中受伤的日军官兵，原在医院的病人一律被赶走。端木蕻良和骆宾基只好把萧红转到一家法国医院，只过了一天，这家法国医院又被日军征用，萧红随即被送到法国医生在圣士提反女校设立的临时救护站。在这里，医治条件更加糟糕，基本没有医护人员看管，只有骆宾基守着昏迷不醒的萧红。1942年1月22日上午10时，萧红在这所临时救护站中停止了呼吸，年仅31岁，这位被称为"文学洛神"的民国才女溘然病逝。

萧红去世后第三天，端木蕻良遵照萧红的遗愿，带着纸笔和装着萧红骨灰的瓶子来到浅水湾的一个小山坡上。他将骨灰瓶埋下之后，还将写有"萧红之墓"的木牌子立于坟前，这个小山坡的下面是游乐场，上边是丽都饭店。端木蕻良担心此处坟地不能长久保全，特意留下一半骨灰，在26日秘密地埋在圣士提反女校的一棵树下。

安葬了萧红之后，端木蕻良回到了香港大学，骆宾基则回到了士丹利街。因端木蕻良和骆宾基都是日本特务黑名单上的人，刘少文、潘柱考虑到他们两人的安全，便立即通知大中华酒店陈小秋安排船票，将他们尽快送离香港。1月底，端木蕻良和骆宾基搭乘"白银丸号"轮船，由地下党员王福时护送，取道澳门前往广州湾。轮船在澳门停靠后，端木蕻良上了岸，不慎致使萧红的多部小说手稿和遗物在轮船上丢失，这让端木蕻良终生遗憾。

倘若不是在日军震耳欲聋的炮声中颠沛流离，不是在硝烟弥漫的火光中一日三迁，不是让日军赶出了医院和控制了消炎药物，萧红是不会死的。她无疑是用年轻的生命，在香港和九龙的冲天战火中，演绎了另一部"生死场"！

第五章　辗转三江

梅林坳的山寮，东江边的酒店，河唇街的会馆，江头村的围屋，从东江到梅江、从梅江到北江，路迢迢，水长长，晓宿夜行，舟车轮换；向北，向北，一路向北，一次次柳暗花明的穿越，都是斗智斗勇的拼搏。

一、从白石龙到惠州

到了 1942 年 2 月，经过一个多月的紧急营救，滞留在港的民主人士和文化人士大部分撤出之后，刘少文立即给中央书记处发电汇报大营救的进展情况，以及接下来继续在香港隐蔽的工作计划：

一、全体同志及朋友，在战争中均已离战区，安全撤退。现韬奋、茅盾、乔木等百余人已安全到东江曾（生）王（作尧）部，长（江）、夏（衍）等一部分人去澳门，再分别前往苏北及内地，何香凝、柳亚子等各乘民船去汕尾寄居村间，现在疏散工作已大体结束。

二、留港者小开（潘汉年）部门张唯一、老徐、孟秋江等，小开已由沪派人来和他们联系，小廖部门只有吴华、吴沓之等数人，我及刘三元、申光、林青等留此，康贻振（一民）、刘成青等已去东江，龚饮冰正设法去沪，李默农夫妇已去澳门。我们决定除留此间工作者外，尚须留下一部分。我则待工作布置就绪后去沪。

三、留此人员正设法打进敌伪各部门做长期埋伏，这是布置今后工作的方针。[①]

1942 年 2 月中旬，已经在白石龙游击区休整了一个多月的文化人准备向惠阳转移。一天下午，曾生对高健交代任务并叮嘱道："这是第一批从白石龙出发送往惠阳的文化人，是茅盾、张友渔夫妇他们，大都拖家带小，行动缓慢，一定要保证安全。"高健领命后，不敢有丝毫大意，特别安排惠阳大队的一个中队来负责武装护送，中队长叫郑伟灵。

郑伟灵与众文化人见了面，把护送的行动计划讲给他们听，文化人听了都很高兴，表示会积极配合。茅盾对郑伟灵说："有些什么工作需要我们协助，你就说。"郑伟灵说："从白石龙到惠阳边界有 30 多公里路程，计划分作两个晚上走，途中要秘密通过广九铁路，布吉、横岗等一带有日军和日伪联防队，还有可能遇到国民党散兵或土匪的袭扰，大家要有思想准备，不过，我们会尽量设法绕开这些地方，请大家放心。"

第二天夜幕降临，郑伟灵把全队的 5 个班分为 3 个组，成一路纵队前进。第一组由两个班负责开路；第二组一个班在中间，混杂在文化人之中；第三组两个班殿后，应付敌人可能的追击。从宝安的白石龙到惠阳的蕉岭，走的大部分是崎岖的山路，加上夜黑、田埂湿滑、路又高低不平，这给没有习惯走夜路的文化人带来了很大的困难，因此行进速度非常缓慢。游击队员们沿途扶老携弱，帮他们挑行李，还背着体弱的同志涉水过河。

长龙似的队伍在朦胧月色中沿着山边小路行走，绕过村庄和敌人的岗哨，小心谨慎地通过了广九铁路，到横岗北面一个荒山坡时已经半夜时分了。小分队正准备短暂休息一下，突然听到啪啪两声枪响。郑伟灵立即命令中间的那个班，迅速带领茅盾夫妇等人向路边草丛卧倒隐蔽，部队也立即散开，迅速占据有利地形。郑伟灵估计是遇到土匪骚扰，下令战士们集中步枪、机枪开火还击。土匪见人多、火力猛，不敢轻举妄动，相持不多久就逃跑了。

---

① 余俊杰、刘中国：《白石龙大营救始末》，花城出版社 2015 年版，第 142 页。

一行人继续赶路，到了下半夜，皓月当空，队伍行进的速度加快了。天快亮时，来到了坪山地界，在碧岭山脚下的学校里，郑伟灵见到了纵队交通站的站长廖其浩。

廖其浩对大家的到来非常热情。在询问了夜行军的情况和文化人的身体状况后，他说："这批文化人现在已经十分疲劳了，我们坪山比较安全，有自卫队巡夜，就住在我家吧。"他一边腾房子给同志们住宿，一边烧水给大家烫脚，还做好了早餐给大家吃。从白石龙连夜赶到碧岭，可把各位文化人和他们的家人累得不轻，有的刚放下行李，一坐下就打起了呼噜，进入梦乡。郑伟灵在巡看大家时，发现茅盾先生双脚红肿，脚底起了几个血泡，有的血泡已磨破流出了血水。郑伟灵马上端来了热水，帮他烫一烫脚，敷好药又把伤口细致包扎好。为了让文化人在碧岭交通站能好好地睡上一觉，游击队员顾不上休息，分散到外围去加强警戒。

文化人在坪山碧岭休息了一个白天，到天黑时，队伍又启程了。郑伟灵小队按照廖其浩、何武提供的路线，从杂草丛生的山边小路上行走，快速绕过了坪山圩。因为坪山圩驻有日军，一路上大家默默地紧跟着，没有一个人说话，一口气走了20多里路，上半夜就到达了东江游击队惠阳大队的大队部所在地田心村。惠阳大队副大队长高健带领战友们热情地接待了这批风尘仆仆的来客。第二天，根据大队首长指示，又将这一批文化人转移到茶园交通站休整。

茅盾等住进榴兆楼以后，感觉住在这样"碉堡式的建筑"里很舒适，很安全，伙食又好，说话方便，有活动空间，很快就消除了疲劳，恢复了体力。他们感慨地说："想不到清朝建筑的客家围楼，在抗日战争中发挥了这样好的作用。"

文化人住下之后，他们开始为进入惠州城做准备。首先要他们"改名换姓"，取个假名，接着由在惠阳税务局工作的地下党员黄鑫，去惠州警察局帮他们准备通行证。各人按照证件上的身份化装成富商及其他身份，所需的服饰是地下党指示惠阳县委从当铺购来的。为使自己的举止行为符合证件上的身份，他们经过了一番演练。待第二批文化人入住茶园之后，蓝造立即来到惠州城，向坐镇惠州联络站的卢伟如汇报文化人的准备情况。

他们仔细分析从茶园转移到惠州城的途中可能出现的情况，策划了多套预案，因为这一次转移的人数较多，有 20 多人，且不少是夫妻双双、拖家带小。最后决定：（1）选择农历二十九日出发（该年除夕是农历二十九日）；（2）走由茶园经永湖、三栋到惠州城的大路。这样既方便行走，也适合他们的"商贾"身份。（3）为保证安全，务必当天走完茶园到惠州城的全程，途中安排在永湖、三栋用午餐、晚饭。（4）沿途的武装保护和地方党组织的配合由蓝造负责布置，并全程跟队，卢伟如在惠州城接应。

蓝造回到茶园，即向茅盾、张友渔等说明了安排情况，并征求他们的意见，还交代了一些注意事项。

为了解决有些文化人体质较弱的问题，蓝造找了几个可靠的农民来为他们挑行李，还请两个农民用大木椅制作了一副轿椅，让茅盾夫人乘坐。

1942 年 2 月 14 日，早上 7 时，茅盾、张友渔等集中后相视而笑，顿觉一路逃难的疲劳相一扫而空。身材较瘦的茅盾身着西装，戴上眼镜，身份是香港汇丰银行九龙分行的"副总经理"；张友渔一身藏青色丝绸长衫，头上戴着礼帽，颇有"米行老板"的派头；其他文化人中，男士少数穿中装，多数穿西装，不结领带，以显"逃难"状态，但也不失"商贾风度"；女士则穿旗袍或西服，颇有"商贾太太"的气度。蓝造等护送人员看到这种情景，不由得暗暗赞叹："到底是文化人，气质好，演起戏来，能很快进入角色。"

尽管如此，蓝造还是再次提醒他们："请大家记住，你们都是有钱的商人，要拿出大户人家的派头来。遇到盘查的时候，你们尽量不要说话，都由我们来出面周旋。"经过之前的演练和出发前的提醒，文化人都会意地点了点头。于是，蓝造在前面开路，区委交通员刘茂殿后，20 多人的队伍出了榴兆楼，从小路走上大路，向惠州城方向走去。

由于走的是大路，不像从白石龙过来时在山沟荒岭艰难跋涉，文化人觉得宽敞、轻松，情绪高涨。茅盾夫人时而坐轿，时而步行，也很轻松。大家在说笑中不知不觉就到了永湖。大家走过了20多里的路程，在这里吃午餐并稍事休息。

下午情况就不同了，天公不作美，刮起了小风下起了小雨。当时的大路是泥土加沙石，雨中路湿，鞋沾泥沙，越沾越多，越走越累。实在走不动时，只好停下来清理鞋底泥巴，很是费工夫。文化人从早晨7时开始徒步跋涉，到现在已经筋疲力尽，行进的速度大为下降，到三栋时已近黄昏了。

三栋是一个小圩镇，按计划要在镇上吃饭。此时文化人都十分疲倦，茅盾问蓝造从这里到惠州城还有多远，蓝造回答说还有20多里。茅盾和几位文化人听后提出，能否在三栋过夜，明天接着走。蓝造对众人说，出于安全考虑，只能坚持当晚赶到惠州城。考虑到文化人确实已十分疲劳，蓝造决定让大家在三栋饭后多休息一会。

晚餐后，已经7时，天已经全黑了。茅盾想去圩镇上买几个灯笼，方便行路。但由于店铺关门，没有买到，大家只能摸黑上路了。从三栋到惠州的公路，由于遭到日军的飞机轰炸，到处坑坑洼洼，隔一段距离还有大坑，十分难走。队伍拉得很长，游击队只有两支手电筒，因使用久了已经不怎么亮，照不清路。蓝造等护送人员只能前后招呼，提醒大家注意水坑沟坎。但由于南北语音差异较大，文化人不能完全听懂提示，跌倒摔跤的情况时有发生。

队伍经过一座小桥时，突然听到"扑通"一声，接着是茅盾的惊叫声："我太太掉到沟里去了！"蓝造立即跑过去，只见茅盾夫人站在沟底的泥水中，便赶紧派人将她拉了上来。大家都关切地询问她是否跌伤，茅盾夫人挺坚强："没有摔伤，不要紧的。"幸好水沟不深，茅盾夫人顺着沟坡摔在烂泥之中，没有受伤，但是衣服湿透，沾上不少泥沙和水草。她将衣服拧了几把后，又跟着大家继续赶路。

深夜一点多钟，一行人终于抵达了惠州城外预先约定的地方。卢伟如他们已经焦急地在这里等候多时。见到文化人到来，卢伟如等非常高兴地迎上前去，热情地和大家握手问候。稍事休息后，卢伟如对大家说，现在还在城外，进城还有一道关口。他扼要地向大家说明入城的注意事项后，便领着大家走向惠州城南门。快到城门时，忽听一声吆喝："都排好队，拿出通行证，接受检查！"卢伟如赶紧上前向哨兵递上名片说："我是昌业公司经理罗衡，住在东湖旅店。这些人都是我的股东和眷属，希望兄弟关照。"说罢，他拿出50块钱递给哨兵："你们站岗放哨很辛苦，这点小意思，兄弟们拿去宵夜。"

哨兵们早就听说东湖旅店是惠州城的高级饭店，他们的张师长也住在那里，心中便先自敬三分。再看"罗经理"出手阔绰，很有大老板的气势，而眼前这些"难民"虽然一个个疲惫不堪，但个个都是有钱人的模样，绝对不会是鸡鸣狗盗之辈。然而，上峰有令，进城严查，这三更半夜，一下子冒出20多人，这……哨兵他不免又犹豫起来。

卢伟如见状，立即说："如果你们不相信，就派个兄弟跟我们去东湖旅店，可以面见张师长问个究竟，路不算远嘛！"

卢如伟这软中带硬的话，果然奏效，为首的一位小头目走过来解释道："对不起，实在是上头长官要求很严，我们不过是例行检查，还请罗老板见谅。既然都是罗老板的朋友，那就请进吧！"说完一挥手，两个士兵抬起横杆，让文化人鱼贯而入，连证件也懒得细看，更别说检查行李了。

浓浓的夜色中，一行人屏声静气地进入了惠州城。

二、春天里的同楼异梦

茅盾、胡风、张友渔、廖沫沙等20余人，于1942年的除夕一早从茶园出发，来到惠州入住东湖旅店时，已是大年初一了，他们有人打趣说，这段路走了整"两年"。因为人数较多，卢伟如怕引起敌人注意，他又把大部分人转到了东和行安置下来。为了让大伙吃上一顿像样的年饭，他

惠州东湖旅店现状

好不容易找来了一些鱼肉、时蔬，还买来了两只鸡和两筐烤火的木炭。众人见此高兴地欢呼起来，茅盾更是兴致十足，说他夫人孔德沚会做风味鸡，今天是新春伊始，就让他夫人露一手，亲自下厨给大家做一道家乡的风味鸡。

风味鸡是浙江绍兴地区的一道传统名菜，也叫"绍兴醉鸡"，做这一道菜需要绍酒、香油、蚝油以及糖、姜、醋等佐料。战乱时期，物资匮乏，且又是大年初一，商家大都休市。为了满足大家的愿望，让文化人在异地他乡过一个像样的节日，卢伟如走遍水东街，终于找齐配料。茅盾夫妇亲自下厨烹饪风味鸡。风味鸡做好之后，陈永又去弄了一些米酒和惠州的当地小食。20多个人围成一圈，卢伟如也与大家一起举杯贺春，一顿热热闹闹的大年饭，让这些四处漂泊的文化人感到无比的温暖。饭后，卢伟如告诉大伙，由于惠州过年停航，大家还得在惠州多待几天。并要求大家不能外出，不许上街。几十个文化人士闷在东和行里，无所事事，实在无聊。

到了初二的下午，茅盾实在待不住了，他听说白鹤峰离此很近，想去苏东坡的故居看看，便悄悄地向陈永提出要求。陈永不敢答应，虽然是大过年的，但惠州城内仍然警备森严，军警、便衣四处巡逻。为了保证文化人在东和行的安全，卢伟如特地安排了李茂白（李茂仔）等几位地下党员做外围警戒，还安排在惠阳县民教馆工作的一位女地下党员，专门接近国民党官员的太太，以便刺探当局的行动机密。茅盾的性格很倔，见陈永不同意，他又去找卢伟如。卢伟如想到茅盾是大作家，文人都敬仰苏东坡，茅盾自不例外，且东和行离白鹤峰也不远，便叫陈永陪同，只允茅盾夫妇两人出去一趟，快去快回，不许久留。

茅盾夫妇倒也配合，转了一圈很快就回到了住地。但快到东和行的时候，茅盾与妻子说了几句话，竟被路过的两个军警听到，因为是外地口音，军警马上过来盘问。卢伟如见状，赶忙上前解释，说我住东湖旅店，他们是我昌业公司合伙人的亲眷家属，年前来此避难，今停航，等年后有了船票马上就要走的。但好说歹说，费了半天口舌，军警就是不信，非要进屋搜查。

茅盾

正在这一紧张时刻，卢伟如的好友"王大哥"来了。此人是张光琼部队驻军营长王延吉的弟弟，常来东和行喝酒打牌，与卢伟如早成了"哥们儿"。卢伟如把他拉到一边，往他手里塞了一把票子，王大哥二话没说，走向前去："干什么？干什么？张师长朋友的亲戚也要检查？大过年的，你们什么意思？都是自己人！"经他出面如此一说，军警果然就不再纠缠。

为防节外生枝，当天晚上，卢伟如通过黄鑫，联系好一条走私船，另外又包了一条船。因为走私船有官方背景，路途中军警一般不会检查，卢伟如想让茅盾夫妇、张友渔夫妇坐此船转移。而另包租的一条船，从船长到水手都是地下党员，还安排了便衣护送，卢伟如做好了应付意外的多种准备。

正月初三一早，卢伟如、陈永各领着一行人错开时间前往码头。为了不引人注意，卢伟如还绕道经过中山公园和东征军纪念陵园。没想到茅盾来到纪念碑前，脚步慢了下来，看得非常认真，看着看着，突然心血来潮，异常激动，非要拿出纸笔来作诗。卢伟如很是焦急，赶忙对他说，廖承志先生一再要我对大家宣布两条纪律，这样做目的就是为了大家的安全，您这样非常冒险。茅盾经此一说才醒悟过来，马上跟上卢伟如走向码头。卢伟如把他送上走私船，他一看船上形形色色的乘客，船舱内乌烟瘴气，死活不愿与他们同船，卢伟如只好把他安排到另一条船上。

　　把茅盾等人安全送走之后，接着又来了几批文化人，大都是在惠州住上一两天，一弄到通行证就安排船只送去老隆。这一段时间里，东湖旅店和源吉行都人来人往，少则几人，多则数十人，这引起了国民党特务的怀疑。军警对东湖旅店进行了全面搜查，连卢伟如和叶景舟的结婚新房都没放过。军警没搜出什么，领头的就找卢伟如问话。卢伟如对他们说，近来确实人来人往，惊扰张师长和兄弟们，没办法，一是因为刚结婚，好些亲朋好友要来祝贺；二呢，香港局势紧张，生意上的朋友亲眷要来此避难。他们都是乡下人，也是老实人，大都是住几天办好通行证有了船票就走，请兄弟们高抬贵手，多行方便。

　　有了这次检查之后，卢伟如更加谨慎小心，一方面与廖安祥去疏通打点关系，一方面与陈永再去找住房，一般情况下，不再安排文化人士住在东湖旅店与东和行。邹韬奋来到惠州之后，卢伟如把他安排在水东街陈永家里居住，对外身份是香港商人"李尚清"，陈永专责保卫。白天一大早，就由卢伟如的新婚妻子叶景舟、地下党员涂夫陪着邹韬奋到野外隐蔽，午餐在外面吃干粮，天黑后才悄悄回到住处。邹韬奋在惠州待了整整10天，等卢伟如确认安全之后，才安排陈永和叶景舟专程护送他前往老隆。

　　极具戏剧意味的是，住在东湖旅店顶层的，便是国民党一八七师师长张光琼。这位身兼惠淡警备司令的张少将，在1942春天，也在煞费苦心地做着同一件事情。他设立"港九难民登记处"，在码头客栈增卡设哨，凭证严查过往行人，目的就是为了拦截捕获这批文化名人。而楼下的共产党人，则是想着如何躲过敌人的重重封锁，把文化名人一个不漏地安全转移出去。这一年的春天，在东湖旅店的同一幢楼里，国共两党同楼异梦，双方不知熬过了多少不眠之夜。至于数百名文化名人，是如何在张司令戒备森严的眼皮底下溜走，又是如何弄到数百里水路的一张张通行证，这一直是张司令难解的心头结。直到解放广东时，张光琼率部投诚之后，共产党人才向他揭开了当年贵军"多行方便"的诸多谜底。

三、河唇街的福建会馆

连贯坐镇老隆之后，马上便着手与中共后东江特委书记梁威林部署研究营救工作，准备接待即将到来的第一批文化人士。梁威林还分别向龙川中心县委书记黄韬、紫金县委书记麦任、五华县委书记余进文、和平县

老隆福建会馆

委书记曾源、新丰县委书记赵准生、连平县工委书记张民宪，以及兴宁、揭西、河源等地的党组织负责人，传达了南方局的指示及廖承志、连贯的工作意见。要求后东江特委所辖的地方党组织全力以赴，密切配合，坚决完成党中央交给的大营救任务。

其实连贯对老隆并不陌生，他老家是大埔县，早年无论是在广州读书还是香港工作都常往返于此。特别是福建会馆旁的"义孚行"和河唇街的"侨兴行"，这两处商行就是地下党的联络点，连贯经常出入，也曾住这里。让连贯意想不到的是老隆的"工合"组织此时还很健全，还办有红色工厂。"工合"的全称是中国工业合作协会，它的前身是抗战时上海发起的工业合作化运动，在合作的基础上组织国人生产自救，解决军需民用。由于周恩来、宋庆龄的力推，此组织很快在全国推开，并取得了公开合法地位，东江特委非常重视发展"工合"组织，除了在老隆印刷生产合作协会发展党员，还利用侨兴行的进步人士与当地军政各式人物广泛接触，为统战工作打开了局面。

侨兴行的全称是香港汽车材料行老隆分行，老板和股东多是地下党员或统战人士。他们通过各种社会关系，组成了一张有国民党官员、乡绅背景的"关系网"。小小的一间汽车材料行分行，业务发展到粤、桂、湘等广

大地区，生意越做越大。商行除了在粤、桂、湘等省设有办事处或分号外，还拥有自己的车队，每天都有汽车往返于韶关、兴宁、梅县等地，这为疏散护送爱国民主人士和文化名人提供了极大的便利。

老隆镇是东江航运的终点，水路南接惠州，北通赣南，西可去韶关，经湖南转贵、川；东可往兴宁、梅县、大埔，转闽西南、闽西北并辗转到皖南、苏北。真是水陆舟车之会，闽粤商贾云集的地方。

连贯对老隆的转移分流线路做了周密的部署，并做了具体分工：蓝训才是海丰城人，早年在海丰农运时就是地下党的负责人，熟悉海丰情况，由他与海丰当地党组织联系，负责安排接应转移何香凝、柳亚子一行来老隆；郑展主要协助连贯在老隆负责接待陆续到来的文化人士及联系转移车辆，紧急时机动使用；胡一声是梅县人，从中山大学毕业后留学东京，早年曾与古大存、郑天保创建九龙嶂革命根据地，1940年10月到港，与乔冠华创办"香港中国通讯社"，此次安排他在兴、梅地区建立交通站，负责邹韬奋、邓文钊等的沿线护送工作；黄用舒是地下党员，又有堂兄黄强国民党少将这样的背景，利用他的老隆区区长的公开身份，负责办理到各地的难民难侨证。

由于人手不够，连贯又给刚从香港撤出的几个梅州乡贤都分配了任务。李伯球是梅县城东人，他读过黄埔军校，参加过东征北伐，又当过两年兴宁县长，安排他协助兴宁交通站工作；黄药眠是梅县梅江人，曾被国民党逮捕判刑10年，后经党组织营救出狱，与连贯同在八路军驻港办事处工作过，此时主要负责协助梅县交通站；郑书祥在大埔教过书，便让他负责协助大埔及闽西南一带交通站工作。

为了保证从惠州乘船到老隆的文化名人的安全，连贯专门安排了便衣和交通员接船。凡是文化人士都由连贯和郑展安排在前述两个商行食宿，对外的口径是接待香港股东逃难家属。各位文化人在惠州都已持有国民党发的"通行证"，全都是假名，虽在下船上岸时要严格检查，但基本能过关。

鉴于国民党特务缉捕很紧，连贯的安排既周密又紧凑。一般情况下，文化名人到老隆后不作久留，多数人是住一两晚，即乘事先联系好的车辆，前往韶关转往桂林；另一部分人则在胡一声等护送下，经兴宁、梅县、大埔等地前往闽西南，再辗转到苏北抗日根据地。

即使是如此周密部署和明确分工，老隆的转移安置工作还是碰到了不少棘手的事情。因时局紧张，离开老隆时，这些文化名人在辗转途中有时也不太顺利。法学家张友渔离开老隆时，是连贯亲自把他送上一辆贩盐去曲江的汽车。车到中途，听说前边查私盐查得很紧，盐贩子不敢走了，把车又开回了老隆。此时连贯已离开旅馆，郑展又有任务去了别处，一时找不到人，张友渔很着急。因为都是单线联络，张友渔不敢乱问，也不敢回去义孚行打听，正不知如何是好，司机又说可以走了，于是再坐上原来的贩盐车，从老隆出发开往韶关曲江。

茅盾是元宵节来到老隆的，与他同来的还有张铁生、胡风、宋之的等20多人。在这批文化人当中，好几对是夫妇，因为一时没有那么多车辆，连贯要他们在老隆再待几天。老隆的繁华让茅盾非常惊诧和意外，他在《老隆》一文中写道："老隆，十足一个暴发户……在抗战以后若干'暴发'的市镇中间，老隆总该算是前五名中间的一个。这里的商业活动范围，倘要开列清单，可以成为一本小册子。有人说笑话，这里什么都有交易，除了死人……"① 如此热闹的小山城，一开始茅盾很愿意留下来，但由于这里属于国统区，待在这里需和在惠州的纪律一样，既不能外出上街，也不能随便讲话，只可在小旅馆里隐蔽，这让茅盾感到为难。考虑再三，他最终向连贯表示希望能尽快安排他前往桂林，从而早日与从香港撤出的夏衍、梁漱溟等会合，重新拿起手中的笔，投入新的战斗。

考虑到他们夫妇的安全，连贯不敢让他们坐客车。好不容易联系到一辆去曲江的军用卡车，又安排了专人护送，没想到，车刚开出老隆20多公里，没到柳城便断了钢板，只好在路边借宿了一夜。到了灯塔又因车出故

---

① 茅盾：《脱险杂记》，中国社会科学出版社1980年版，第369页。

障，在小旅馆又住了一宿。第三天途经连平忠信时，碰上军警联合大检查，把他们全部扣留了下来。幸好在老隆给他办好了名为"孙家禄"的归侨难民证，又有当地党组织去疏通，当晚得以归侨的身份，住进救侨委员会设在忠信的招待所，还领得义侨证明一张，生活补助费18元。次日再送他们乘上去韶关的汽车，一路上颇费周折。直到3月9日才抵达桂林，此时距他离开香港的时间已整整过了两个月。

从1942年1月到6月，连贯一直都以老隆为中心，坐镇福建会馆协调指挥大营救工作。"粤北事件"和"南委事件"相继发生之后，按照南方局的指示，连贯必须尽快撤离，暴露身份的党员须全部转入地下，但由于老隆在接送文化人士中转分流中的特殊作用，隐蔽下来的共产党员仍然坚持秘密完成大营救的后续工作。直至该年9月，待所有文化人士和爱国民主人士都被安全转移出去之后，福建会馆仍作为后东江特委的地下联络站，继续履行着重大的历史使命。

四、柳亚子两抵老隆

再说何香凝到了海丰之后，先在杨咸兴家中居住，等待蓝训才前来接应。但几天之后，蓝训才仍未出现，何香凝干脆以国民党中央委员的身份，向海丰驻军邓龙启团提出保护要求。邓龙启因她是国民党元老，不敢怠慢，很快把她安排住进了朱厝祠。但经普椿是廖承志的妻子，不便公开身份，则由谢一超的爱人联系在海丰城东门头春利旅店住下，柳亚子父女仍住在谢一超朋友杨胜昌家中。为了避人耳目，谢一超让柳亚子扮成"黄老板"。谢一超当时患有肺病，而袁复是当地小有名气的中医师，开有一间"道生堂"药店，袁复便对他父亲和邻居说：谢一超和他的朋友，专程从香港来此治病。这样一来便不会让外人怀疑。

后来，罗翼群获悉何香凝一家到了海丰城后，亲自驱车到海丰把她们接回兴宁家中。罗翼群是廖仲恺的生前好友，也是国民党元老之一。他

1889 年出生于兴宁龙田镇，1907 年加入中国同盟会，先后出任过大本营兵站总监、国民党西南政务委员会委员、国民党中央执行委员等职。因为他与宋庆龄、何香凝等坚持呼吁一致抗日，反对内战，公开谴责蒋介石的独裁政策，被国民党开除党籍。他一气之下回到老家兴宁闲居，罗翼群虽已退出官场，但声望、余威仍在，当局奈何不了他。

何香凝一家被接走之后，谢一超少了一分担心，因为何香凝身份特殊，又有当地政要的安排接待，安全已无问题。让谢一超最揪心的是柳亚子的安全，他在海丰多住一天就多一分危险。因为柳亚子是国民党特务跟踪缉拿的对象，海陆丰一带是国统区，没有共产党的游击队。连贯和廖安祥曾一再交代，柳亚子是重点保护、抢救对象，周恩来在电报中，也多次提到了柳亚子。

柳亚子，1881 年 5 月出生于苏州吴江，本名慰高，字安如。早年加入同盟会，后任孙中山总统府秘书长，是南社的创始人，曾任中国国民党中央监察委员会委员。后因参加了宋庆龄、何香凝成立的中国民权保障同盟，让蒋介石非常失望也非常恼火。

尽管如此，蒋介石仍然不敢小看柳亚子的社会影响力，1941 年 4 月，国民党在重庆召开五届八中全会，会前专门给柳亚子发来邀请函，请柳亚子出席大会，被柳亚子断然拒绝。时任国民党的海外部部长吴铁城，由南洋返渝途经香港。他奉蒋介石之命，特约了杜月笙一起来到九龙柯士甸道的柳亚子寓所，好言相劝让柳亚子一起赴渝参会。柳亚子想到刚刚发生的皖南事变，顿时火起，拍着桌子对吴铁城说："我宁可做史量才，也不去参加这种挂羊头卖狗肉的全会！"

柳亚子所提到的史量才，是当时杰出的教育家和报业巨子，他主编的《申报》曾对柳亚子他们的中国民权保障同盟的正义活动做过全方位的

柳亚子

跟踪报道，并与宋庆龄、杨杏佛、邹韬奋建立了深厚的友谊。他有一句名言："人有人格，报有报格，国有国格，三格不存，人将非人，报将非报，国将不国。"蒋介石也曾极力拉拢诱惑史量才，史量才不为所动。恼怒之下，蒋介石说："不要把我惹火，我手下有一百万兵。"史量才针锋相对地回答："对不起，我手下有一百万读者。"

1934年11月13日，史量才遭到国民党特务的暗杀。8年之后柳亚子仍然记忆犹新，他正告吴铁城，让吴转告蒋介石，就是用对付史量才的方式把他暗杀了，他也要反对分裂，支持团结抗战！面对柳亚子这种宁折不弯的铮铮铁骨，蒋介石恼羞成怒。1942年4月2日，在国民党的五届八中全会上，蒋介石以柳亚子在香港发表"违反国策言论"为由，开除了他的国民党党籍，撤销其中央监察委员会委员职务，并停发他的工资。

所谓的"违反国策言论"，无非是在皖南事变之后，柳亚子在香港亲自撰写的电文。这份由宋庆龄、何香凝、彭泽民、柳亚子4人联名的电报，谴责蒋介石倒行逆施、破坏抗战，触犯了蒋介石的"攘外必先安内"的一贯立场，蒋介石再也不能放过柳亚子了。

谢一超考虑到柳亚子的安全，不断地为他变换住所，单在海丰就为他换了3个地方。在新村杨胜昌家中住了十来天后，谢一超与地下党组织商量，2月初将柳亚子父女转移到联安下许村居住，仍由谢一超陪伴护送，此地离海丰县城很近。临近春节时，谢一超又将柳亚子父女转移，前往公平日中圩附近的一个较为偏僻的小村庄，住在钟娘永家中。钟娘永是地下党员还兼任了国民党的乡长，无论在安全上还是生活上都有保障。在这一个多月的时间里，柳亚子的身体有所好转，心情亦很愉快，他有个习惯，心情一好就爱作诗，"将逢难忘日中圩""况瘁钟郎情谊厚"写的就是他当时的心情。到了3月初，地下党负责人蓝训才、卓学佐根据连贯指示，交代袁复筹足旅费，准备与谢一超一起护送柳亚子父女去老隆。

出发前，钟娘永想得特别周到，特地制做了两台竹椅轿，并派了几名乡丁护送抬轿。从海丰到陆丰，走的多是崎岖的山路，也幸好有这两台竹轿和几位乡丁，让柳亚子父女能乘坐轿子。蓝训才、谢一超、袁复跟着轿子，走了整整一天才到达陆丰新田，当晚住在米叮岗的一个小旅店里。

第二天继续赶路，太阳下山前就到了揭西河婆圩。在河婆圩住宿了一晚，下一站便是五华的安流，河婆离安流有90公里路，且要翻越几座大山。走到七斜径时，突然从山谷里冲出十几个身穿黑衣服，手持驳壳枪的汉子。谢一超一见这架势就知道是劫匪，他不慌不忙地把手一招，提出要去见他们的头领。也不知道谢一超是用什么办法搞定了劫匪，两个小时之后，谢一超毫发未损地走了回来。事情摆平之后，足足耽误了半天时间，待来到安流，已经天黑了。蓝训才找到当地的接应后，匆匆吃过晚饭，没在安流住宿，而是改走水路，在船上过夜。

从安流到五华县城，一路逆水行舟，船行得很慢，3天后才来到五华县城。到了华城后，蓝训才由于在这一带公开活动过，不敢露脸，只能单独前去老隆，并让谢一超、袁复与柳亚子父女一起乘车到老隆。当天下午，谢一超他们就到了老隆，但由于蓝训才还没赶到，没与当地的党组织接上头，他们只好住进谷行街的一家小旅店。柳亚子父女住一间，谢一超、袁复另住一间。为防不测，他们佯装彼此不认识，以便暗中保护柳亚子父女。第二天蓝训才派人同谢一超取得联系，并告诉他一个不好的消息，说粤北交通员被捕后叛变，地下组织已隐蔽，暂时不能交接。还要他们继续隐蔽下来，等候通知。4天后，蓝训才再次派人来通知谢一超，说情况有变，柳亚子不能在老隆停留，也不能去韶关，只能去兴宁乡间暂避风头。谢一超、袁复又只能把柳亚子父女护送去兴宁。

在去兴宁的路上，又出了一点小意外。因为当时的汽车开得慢，到了下午5时才抵达陈店车站，谢一超他们只得在此过夜。没想到半夜时分，突然碰到警察查房，问来问去，还把谢一超带走了。袁复非常焦急，正担心柳亚子父女安全时，谢一超却回来了。原来在登记住房时，证件年龄上有出入，引起警察怀疑，经谢一超一番解释，警察便把他放了回来，倒是有惊无险。第二天一早，他们继续赶往兴宁。到达兴宁车站后，由袁复先进城去找"东江盐业运输行"的黎约伦联系，这是地下党的一个秘密交通站。在黎约伦的安排下，柳亚子父女住进了一个叫"安多尼"的旅店，袁复和谢一超则住在相距不远的华隆旅店。

在兴宁城住了3个晚上，兴宁地下党考虑到柳亚子的安全，派人把他父女二人转移到码乡的地下党员张华林家中，在码乡又住了10天。此时，老隆的交通站已经安排妥当，连贯亲自来码乡，把他们父女再次接到老隆。在老隆住了一个多月，直到韶关那边的乔冠华来电，连贯才另派专人护送他们到韶关，与先期到达的何香凝会合，随后才由党组织安排专人护送他们北上衡阳，转至桂林。

> 复壁殷勤藏老拙，柳车辛苦送长征。
>
> 须鬓如戟头颅贱，涉水登山愧友生。
>
> （柳亚子《别谢一超、蓝奋才、袁嘉猷①、连贯》）

对于一路将他父女二人从香港护送出来的谢一超等人，柳亚子是既感激又惭愧，此诗便是1942年4月柳亚子在兴宁与护送他的几位同志所作的告别诗。除此之外，柳亚子还写下了《两抵老隆》一文，记叙了他从海丰转移到老隆途中的经历。这段经历，无疑是他人生旅途中一段刻骨铭心的记忆。

五、邹韬奋江头避难

化名"李尚清"的邹韬奋4月中旬才来到老隆。为了邹韬奋的安全，卢伟如着实花了不少心思，除了安排他的妻子叶景舟和陈永全程护送外，还帮邹韬奋改了名，化了装。前往老隆时，邹韬奋穿上卢伟如早为他准备

---

① 即蓝训才、袁复。

好的唐装，戴上金边太阳镜，嘴上还粘了两撇假
胡子，头戴一顶毡帽，手里拄着一根文明棍，还
真有香港大老板的模样。惠州到老隆，逆水行
舟，小船开了好几天，到了第五天黄昏，才在老
隆的河唇码头靠了岸。邹韬奋上岸后，连贯安排
的交通员郑展等人已在码头迎候。叶景舟、陈永
将两位"客人"送到后，没在老隆住宿，就在岸
边码头与韬公握别，并乘船连夜返回惠州。

邹韬奋

　　郑展不认识邹韬奋，只听说过邹韬奋的大
名。这段时间，他与胡一声等人，一直都在老隆码头接待一批批从惠州过
来的文化人士。这一天连贯特别交代他们去接两位"贵客"——邹韬奋和
胡绳。吃晚饭的时候，连贯才悄悄地告诉他，戴眼镜的李尚清就是邹韬奋。
另一位叫胡绳，都是大名鼎鼎的文化人。

　　第二天连贯派郑展去联系开往韶关的汽车，郑展去了侨兴行，得知后
天有一辆开往韶关的大货车。为了让这两位"客人"在长途车中舒适些，
他还与司机商量获得了两个副驾座位。出发的时候，连贯却让胡绳独自一
人上车，邹韬奋被留了下来。郑展不解，原来不是说好两人一起出发的吗，
为何突然改变计划，且事先一点消息也没有？直到当天晚上，连贯把一张
国民党当局通缉公告拿出来，郑展这才明白是怎么回事。那张通缉令的右
上角，附有邹韬奋的照片，上面写着："一经发现可就地解决。"

　　此时连贯很凝重地对郑展说，情况有变，韬奋先生目前的处境十分危
险，上级指示我们，他暂时不能去韶关，也不能留在龙川，要把他转移到
梅县乡下隐蔽一段时间，待风声过后，再伺机转移。按照连贯的指示，郑
展找来负责兴梅至闽西南一线转移工作的地下党胡一声，经过周密商量，
他们决定把邹韬奋安置在梅县畲坑江头村陈启昌家里，以躲避当局的通缉。
陈启昌是大革命时期的老党员，在江头村搞过轰轰烈烈的农民运动和武装
暴动，大革命失败后，他流亡海外，辗转到新加坡后，继续与新加坡的华

人华侨开展救亡活动，后被当局驱逐出境。回国后，受党组织委派回老家开办侨兴行，以做生意为掩护从事党的地下工作，侨兴行经营的货物品种多，办事处和分支机构遍布粤、港、澳各地，生意十分兴隆。郑展、陈启昌等给"李尚清"的江头避难，想出了一个很充足的理由："李尚清"是侨兴行的香港大股东，因患有脑疾，在韶关时常因敌机轰炸而脑疾加重，特地从粤北来此，找块安静的地方养病。

江头村是梅县南部的一个小山村，地处梅县和丰顺的交界处，只有六七十户人家，大多是陈姓，社情并不复杂。虽是国统区，但因山高皇帝远，国民党的势力鞭长莫及，这里的群众基础也较好。第一次国内革命战争时期，陈嘉漠组织的当地第一个农民协会就诞生在这里；第二次国内革命战争时期，畲江区的苏维埃政府也曾一度设在这里。因此江头村在大革命失败后，曾遭到白匪的疯狂报复和"围剿"，房屋被烧毁数十间，数十位村民被杀害，由此江头村与国民党反动派积下深仇大恨。

陈启昌的父亲陈卓民过去曾与陈嘉漠一起组织农运活动，斗争失败后，白匪要追杀他全家。陈卓民便携全家幼小逃往南洋，母亲年老因走不动，后被国民党杀害；直到抗日战争全面爆发，国共合作时期，才敢从南洋回乡，这一段经历树立了陈卓民在村中的威望，也让他积累了与敌人周旋的丰富经验。

陈启昌是在老隆的义昌楼，搭乘侨兴行的汽车到梅县的。邹韬奋到了江头村之后，还是陈启昌的父亲陈卓民想得周到，他不把邹韬奋安排在家里，而是在家附近的一个老学堂里，陈卓民带着孙子也搬到了学堂里，与邹韬奋做伴居住。

陈启昌因为有侨兴行的大招牌，生意又做到了临时省会的韶关、邻省的湖南和广西等地，他利用这些四通八达的业务往来，结交了不少国民党在职的文武官员，建立了许多统战关系。安顿好邹韬奋之后，陈启昌特地来到梅县拜会梅县县长，想探探风声。县长与陈启昌算是老熟人，当着陈启昌和几个熟人的面大发牢骚，责骂国民党特务竟给地方上添麻烦。他愤愤不平地说："我怎么知道柳亚子、邹韬奋在什么地方？他们和我又有何关系？"一边说一边从抽屉里拿出一封封电报和密信，都是重庆特务的来电来函，全是关于协查缉拿邹韬奋、柳亚子的。他还透露出一个重要消息，国民党当局派了一个姓马的专员驻点东江，正在组织中统特务和地方警察抓捕邹韬奋等人。

陈启昌获悉这一情况后，快速赶回江头村，与父亲陈卓民几人一起商量对策。陈卓民毕竟是历经世故、老成持重，他对大家说不必惊慌，特务即使已发现邹韬奋踪迹，还得秘密侦查出他究竟藏在何处。今只说梅县一带，梅县那么大，他们上哪去找？除非有内线间谍提供准确情报，即使是有了准确情报，敌人也不会在白天采取行动，更可能选择秘密绑票或夜间行动，故只要大家着手做好以下几项工作，邹韬奋的安全是不会有问题的。

首先，为了让邹韬奋熟悉村里的地形，陈卓民要邹扮作风水先生，由他和外甥李彩风陪着，带着罗盘，打着洋伞，假装堪舆屋场风水，从村头转到村尾，从前山转到后山，目的是对付万一遭到特务围捕时，选择最佳的撤退线路。其次，陈启昌把家里的一支左轮手枪、一支驳壳枪交到父亲陈卓民、外甥李彩风手上，并叫外甥与父亲带着邹韬奋同住在老学堂里，万一有情况，由陈卓民、李彩风掩护，陈启昌儿子则引领邹韬奋从学堂侧门撤进后山躲避。

除了这两项措施之外，陈启昌还添购了几支步枪，发给同族的兄弟、叔侄，并公开对他们说，李尚清伯伯是外来客人，又是香港老板，今地方不宁，贼匪横行，为防范劫匪绑票，必须做好充分的准备。以后不论白天黑夜，只要听到老学堂有螺角声或枪声，即持枪前来救援。除了这一招之外，陈启昌还动员族长，把存放在祠堂里的十几支步枪发给村中青年组成壮丁队。这个壮丁队主要是保护村内平安，一旦发现陌生人来村或乡贩来村要加倍警惕，如遭遇匪情要全村出击，打退土匪。

有了壮丁队，陈启昌父子还不放心，陈卓民还要组织大家演练。他凭着当年在反白军"围剿"时总结的经验，先教村中的青年，如何在晚间辨

别狗吠的声音，狗吠声在大队人马和个别人进村时是不同的。通过几个晚上的熟悉，村里的壮丁队，真的学会了辨别狗吠的声音。邹韬奋来了兴致，他对陈卓民的这一招感到特别新奇，也学着来辨别狗吠的声音，听着听着，果然有所不同。陈卓民还指导他万一遇到突发情况时，如何选择地形快速离开老学堂，跑上后山的隐蔽地，而且还教会了邹韬奋如何卧倒、如何匍匐在地躲避枪弹的动作。按照当时的形势，陈启昌做好了长期隐蔽邹韬奋的准备，邹韬奋也决定利用在乡间这段日子，去写他那部构思已久的历史纪实作品。

几个月后的一天，陈启昌接到连贯派人送来的密信，说国民党当局的驻点专员经过几个月的调查摸底，已确定邹韬奋不在东江游击区，而是藏在兴梅一带，且极有可能在梅县与丰顺的交界地带，包围圈正在一步步缩小。接着重庆还派了一个叫刘百闵的中统特务来到梅县，专门协助当地警探组织侦查缉拿邹韬奋。

刘百闵与邹韬奋打过多次"交道"，其负责国民党的文化宣传监管督导工作多年，熟悉国内所有文化人士的情况，并多次下令查封邹韬奋的生活书店。这次带着多重身份从重庆来到梅县，可见国民党当局对邹韬奋的高度"重视"。鉴此情况，邹韬奋显然不能在江头村常住下去了，于是上级党组织派来了原生活书店的地下党员冯舒之，赶来梅县与胡一声、郑展一起，共同负责邹韬奋的撤离护送工作。

六、韶关之"关"

邹韬奋从 1942 年 1 月初从香港到九龙，经白石龙到惠州、老隆，再至梅县江头去韶关，在东江地区辗转了 8 个多月，250 多天。他是大营救中最后一位送出广东的文化人。

连贯从老隆撤走后，郑展严格遵照指示，先从义孚行搬出，住在邻近的侨兴行继续以做生意为掩护。并按连贯的交代，从今往后，过去和他接触过的人，除指定之外，一般不再联系。有关邹韬奋的转移工作，只与胡一声保持单线联络，万一遇到什么紧急情况，即到惠州源吉行，通过廖安祥或卢伟如找他。

当最后一批文化人全部撤出老隆之后，郑展随即回到梅县侨兴行，以陈启昌（陈炳传）伙计的名义居住梅县，准备伺机护送邹韬奋撤离。此时的郑展，已看到国民党报纸在"时人行踪"栏放出的一则消息："邹韬奋原在东江游击队，后因日寇进攻，闻已离队住在东江乡间。"紧接着，郑展又接到地下党送来的紧急情报，国民党当局派出一个认识邹韬奋的特务头目刘百闵，蹲点广东，指挥各地特务在龙川、兴宁、梅县一带追捕邹韬奋，形势越来越严峻。

正在此时，韶关的乔冠华给胡一声拍来电报："请即来韶洽谈生意。"胡一声立即赶去韶关，乔冠华当面向他转达了周恩来的指示，鉴于东江局势，立即设法护送邹韬奋出粤，出粤后先去上海，再转至苏北抗日根据地，并安排原生活书店的冯舒之一起参加护送。胡一声、冯舒之回到梅县之后，即找郑展和陈启昌一起商量护送路线。由于邹韬奋当时有病在身、体质虚弱，他们决定护送他从畲坑西行，乘车经老隆、连平至韶关，由韶关乘火车前往衡阳和株洲方向的渌口，然后改乘轮船至武汉，再沿江东去上海，转抵苏北根据地。为了保证邹韬奋路上的绝对安全，郑展还专程跑了一趟韶关，摸清沿途的关卡和各地的落脚点。

9月25日，邹韬奋在胡一声、郑展、冯舒之的护送下，先在梅江乘小船到兴宁，再改乘侨兴行的货车往韶关，住进韶关市郊牛头潭的"香港汽车材料行韶关分行"处。安置好邹韬奋住宿之后，郑展即到约定的地点，与乔冠华接上头，并详细地汇报了从兴宁到韶关的情况。

胡一声、郑展他们想得很周到，从兴宁开往韶关的长途货车是两辆，都是侨兴行的车。他们把邹韬奋打扮成香港老板的模样，一身银灰色的唐装，头戴礼帽，邹韬奋与冯舒之并排坐在驾驶室里，郑展则坐在后面车厢里，观察情况。而胡一声则坐在另一辆车上，紧随其后，以便接应。一路上碰到检查的关卡很多，在老隆、连平，每逢军警检查，冯舒之就拿出"李尚清"的证件说："我老板有病，不便下车。"因为侨兴行的名气很大，运输车辆经过这些关卡，老板又经常打点，一来二往早已与沿路的关卡人员混熟了，路途上虽然重重检查，倒没有遭到什么意外。

乔冠华听了郑展的汇报，非常满意，并叮嘱郑展，韶关是临时省会，特务、密探遍布，更要特别小心。在韶关送站要与邹韬奋保持距离暗中保护，相互接应。万一有什么意外，以最快的速度通知，以便组织采取措施设法营救，并定下了接头地点和联络暗号。

因为第二天要送邹韬奋去渌口，胡一声、郑展又专门去了一趟火车站，看到车站上的检查特别的严格，他们计算了下从住地到车站需要的时间，计划赶在开车前的几分钟到达车站，到后立即上车，以减少在候车时引起注意。

车票是当天下午6时开往湖南渌口的。去车站时，郑展雇了3辆人力黄包车，冯舒之打前，邹韬奋在中，郑展在后。于下午5时从住地出发，按照预设的计划直奔车站。没想到，经过韶关市区时，道路拥堵，车辆行人塞得水泄不通。郑展赶紧下车了解情况，原来是前面出了交通事故，里外三层站满了围观的人，黄包车被夹在人群中间，过不去又退不回来。郑展当机立断，拉起邹韬奋就往人群里挤，好不容易挤出人群，马上又雇了3辆人力车。赶到车站时，还是晚点了，看着驶出站台的火车，邹韬奋和冯舒之都不由地摇头叹息。停留间，郑展看见有个骑自行车的人在注意他们，意识到此处不可久留，立即雇车返回住地。回去的路上，郑展发现那骑自行车的家伙尾随其后，一直跟着，郑展心想定是遇上盯梢的了，开始焦急地思忖着如何摆脱跟踪。

走了不远，郑展看到一个认识的小老乡，此人在国民党部队当差，还混了个小排长，正在马路边站着，好像在等什么人。郑展眼睛一亮，马上叫车子停下，亲热地和小老乡打招呼，随即攀谈起来。骑自行车的人见状，犹豫了一下，悄悄地走了。尾巴甩掉后，郑展领着邹韬奋快速赶回住地，为防万一，当天晚上换了住处，在江边找了一个小旅馆住了一晚。

第二天，胡一声因另有任务，与邹韬奋在韶关惜惜告别。郑展买到了3张头等卧铺票，好不容易上了韶关到湖南的火车，邹韬奋与冯舒之共一个包厢，郑展在隔壁车厢。郑展知道，在火车上宪警要进行一次例行的检查，便事先跑到前边的车厢仔细观察了一番，看宪警是如何检查的。心里有数之后，他便立即回到自己的车厢，安排邹韬奋装成重病人躺在铺上，额头上敷上湿毛巾，桌上摆着几个药瓶子；并交代冯舒之，检查时让韬奋先生不要起来，就说是发高烧，一切由他来应付。

不一会儿，几个宪警气势汹汹地来到了郑展他们的车厢，一个宪兵看见躺在铺上的邹韬奋，厉声喝道："干什么的？起来，起来检查！"郑展听出他讲的是梅县客家口音，邹韬奋装得有气无力，半张的双眼微微瞄了下，双唇动了动没说话，冯舒之赶忙递上"李尚清"的证件，说了声："我老板，他病了在发高烧。"那宪兵一听就火了，吼了句："病了还让他出门！"郑展听了赶忙用梅县话附和道："是呀，病得那么重，还让他出门！刚上火车时就见他走路晃晃悠悠的像要倒下。早该送去医院，还出门！"

那宪兵一听郑展也是梅县人，转过身来，打量了一下郑展，问道："你是干什么的，到哪去？"郑展赶忙拿出证件，回答说在梅县做生意，今去湖南衡阳接业务。郑展很善于"同乡三分亲"的一套，几句寒暄之后果然扯到了家乡，扯到了生意。扯了几句之后，宪兵"老乡"带着乘警去了下一节车厢。

虽然又闯过一关，但郑展还是丝毫不敢放松自己的神经。火车到了渌口镇，他们一行下了车。郑展叫冯舒之陪着邹韬奋，在一个不显眼的小饭铺吃饭休息，他则一人乘渡船过江对岸，去找当地的地下党交通员。这是乔冠华告诉他的一个秘密联络点，接下来的安全护送将由这里的同志负责。但事不凑巧，当郑展好不容易找到那位交通员所住的商行时，店里的伙计说他出门去了，不知几时才能回来。此时郑展犯难了，渌口这地方虽小，可却是国统区和沦陷区的交界处。小镇上没有多少过往行人，国民党的关卡、岗哨、特务却比比皆是，郑展在这里人生地疏，久等显然不是办法，如何来保证邹韬奋先生的安全呢？

倒是邹韬奋冷静沉着，他说："不怕，只要上了船，往北一开就是沦陷区，到了沦陷区，国民党特务军警再多也鞭长莫及。"冯舒之也对郑展说，这一段路途他熟悉，只要上了船，问题不大。他们商量的结果是，郑展把他们送上船，便可分手回去。

午后1点钟，郑展一行3人到了码头，邹韬奋与冯舒之在前边走，郑展仍装作不相识，远远地跟着。码头上，乱哄哄地一片，邹韬奋与冯舒之夹在人流中，马上就要登上开往长沙的轮船了，邹韬奋却突然转过身，挤过人群向他奔来。郑展还没弄清是怎么回事，邹韬奋已抢上前来，紧紧地握住郑展的手，恋恋不舍，依依惜别。这一情形让郑展异常激动，他真想紧紧地拥抱一下这位坚强的文化战士，但处境险恶，他只能悄悄地说："李先生，你赶紧上船吧，保重，一路平安！"

邹韬奋却旁若无人，忘掉了他们本该装作不相识的样子。他依然紧握住郑展的手不放，声音哽咽地说道："请你回去告诉南方的朋友，到目的地后，我一定要写本《民主在中国》的书跟大家见面，以此来报答大家！"郑展点点头，猛地抽回被握紧的手，望着邹韬奋化装留着胡须的清癯面孔，郑展竟情不自禁地掉下了眼泪。邹韬奋转身上了船，轮船拉着沉闷的汽笛声，缓缓地开走了。郑展独自呆呆地站在码头上，目送着轮船远去，直至轮船慢慢消失在苍茫的江面上，才转身离开。

他刚走下码头，突然有人在肩膀上猛拍了一下，问道"你是干什么的？跟我来！"郑展回头一看，是码头检查站的一个宪兵，正恶狠狠地瞪着他。原来宪兵在码头上巡逻，已看见了刚在码头上他与邹韬奋握别的一幕，他们异常的神情引起了他的怀疑，不由分说地把郑展押往检查站。

在检查站，宪兵们轮番审讯郑展。郑展一口咬定自己是韶关侨兴行的伙计。宪兵问来此干啥？郑展答是来找湘江对岸一个商行的股东，联系汽车轮胎生意，因没找到人，正准备回去。宪兵又问刚在码头上的那个是谁？站那么久聊什么？郑展说是生意上的熟人，刚好碰到，聊了几句轮胎生意上的事。

一个宪兵冷不防地问他："你老说你是做汽车轮胎生意的，那我问你，'32×6'的老头牌轮胎现在多少价钱？道奇车的轮胎是什么规格？"若是外行人面对这种盘问，立马就露馅了，幸好郑展早有防备，已将商行经营的所有货号背得滚瓜烂熟。他镇静自若地一一回答，还将当时市面上轮胎的销路、行情一口气说了出来。宪警见郑展对答如流，又一身西装革履，像个商人样，便放了他。

第二天，郑展没回韶关，而是坐火车经衡阳直接到达桂林。因为事先乔冠华曾交代郑展，在渌口安全送走邹韬奋后，要立即到桂林向在那里负责接应文化人的张友渔报告。郑展到了桂林后，根据乔冠华提供的地址，找到了张友渔，把护送邹韬奋的详细情况做了汇报。张友渔随即将郑展汇报的相关情况，发电报告给南方局周恩来。

邹韬奋和冯舒之离开渌口后，当天晚上就到了长沙。可是在长沙乘船往武汉的路上，由于江水浅，被迫弃船步行。在途中，他们多次遭到日伪军的盘查。由于他们的机警、沉着，才安然度过了这些险境，10月初到达上海。不久，在华中局和上海地下党的周密安排下，邹韬奋通过敌人的封锁线，渡过长江，终于被安全护送到了苏北根据地。

第六章　营救中的特殊任务

每一条生命通道的开启，都是通向"自由中国"的光明大道；每一场特殊营救，都是履险蹈危的生死较量。在民族利益面前，东江游击队襟怀坦荡，无私无畏，为筑牢反法西斯同盟屡建奇功。

一、逃向自由中国

香港沦陷后，除港督杨慕琦、英军司令马比尔、辅政司詹逊等高级官员单独囚禁外，8000多名成为战俘的英军士兵和下级军官，大都分别囚禁在深水埗、赤柱、马头围、七姐妹、亚皆老街等集中营内，除此之外，还有2000多名英籍市民和家属被囚禁。日军从这些战俘中挑出2000多名壮劳力，押送回国做苦力，余下的白天在机场参加劳动，晚上再押回集中营关禁。随着英美等国在太平洋战场上对日宣战，国际反法西斯战线建立之后，遵照党中央指示，为巩固国际反法西斯统一战线，东江游击队及港九独立大队在营救文化人的过程中，对英军战俘和国际友人也施以了援手。

英军投降后，有不少战俘想要逃出集中营。尤其是一些英军高级士官，他们听闻共产党的游击队潜进了港九，正在组织营救活动，便一直想联系上港九游击队，并希望得到帮助，营救他们逃离香港。

深水埗位于九龙半岛的西北部，北接沙田狮子山，东靠广九铁路，南抵界限街，西边则是昂船洲的沿海一带。由于这个地方四面都有日军的重兵驻守，日军的这个集中营并非高墙深院，而是用铁丝网在空地上一围，把战俘往里一关，任由风吹日晒，英军俘虏在这里受尽了虐待。

被关在深水埗的赖特上校、摩利上尉、戴维斯中尉一直想伺机逃跑，但苦于路况不熟，语言不通，又无法联系上港九游击队，没有找到最佳逃跑时机。直到1942年1月8日，才通过赖特原来的秘书李玉弼打听到了手枪队的消息。李玉弼找到了一位当地的渔民，商量好用舢板偷运他们出海，并约好第二天的晚上，把小艇开到防波堤附近接应，信号是划着火柴明灭3次。

1月9日晚上八九点钟光景，赖特、摩利、戴维斯依约行动，他们乘着夜幕的掩护，躲过日军的岗哨，悄悄向海边走去。信号发出后，李玉弼的舢板来到防波堤。3个人爬上船后，轻轻地用浆将船划出防波堤，然后奋力向荔枝角划去。来到青山道附近的海滩，他们悄悄地上岸，沿着山间小径往西贡走去。经过劳坪村时，在当地村民的家里吃了顿热饭菜，然后由李玉弼去西贡联系游击队，并找寻前往摩斯湾的船只，他们3个则躲在村外的树林里等待消息。

一直到黄昏时分，李玉弼才回来，他说没有找到去摩斯湾的船只，这让赖特他们很是失望。但李玉弼又说找到了西贡游击队的队长蔡国梁，并告诉赖特这一带都有东江游击队的手枪队活动。就在他们逃离深水埗集中营的那一天，有一队人穿过摩斯湾来到西贡，这就是共产党领导的游击队。他们已知道有英军从集中营逃出，为了营救他们，游击队与日伪军抢时间争速度，希望把他们送到安全的地方。赖特他们一听高兴地直跳起来。

当天晚上，赖特一行见到了蔡国梁。蔡国梁详细地询问了集中营的情况，并告知护送他们几位出港的计划和行程。随后游击队员找来了丰富的食物，招待赖特他们好好地吃了一顿，并让他们痛痛快快地洗了个热水澡，这是他们当俘虏之后，几个星期以来的第一次洗澡。到了1月13日，赖特他们逃出集中营已4天了，由于有日伪军搜查，蔡国梁不允许他们白天外出，衣服都让游击队员拿去换洗，还打来热水让他们泡脚，到了晚上才带着他们转移到另一个村子住宿。

1月14日清晨，还没来得及吃上早饭，游击队得知日伪军又来追捕，只得立即转移。到了岐岭下的海边，游击队安排他们上了一条小船，另有两条小船护航，船头架着机关枪，游击队员个个也都全副武装，护送他们过海。当小船接近沙鱼涌时，忽然听到岸上枪声大作，村民四处奔逃，有的往海边奔来，高喊着："有土匪！有土匪！"游击队员们划着船只快速上岸。土匪们知道游击队来了之后，一下子作鸟兽散，躲得无影无踪。游击队考虑到赖特3人的安全，不敢让他们在岸上过夜，在村里吃过晚饭之后，还是带他们回到船上休息，并安排好警戒，15日一早才把他们安全地送到田心村。

田心村是游击区，处于沦陷区和国统区的中间，相对比较安全。游击队安排赖特一行在此休息了两天，直到1月17日才护送他们穿过封锁线，向惠州进发。正当游击队护送他们经由镇隆路段时，遇到了日本兵的搜捕，赖特在躲避中扭伤了脚踝，更加可惜的是还丢了一个提包，提包中有赖特的一本日记，日记中记录了他在共产党游击队帮助下出逃成功的所见所闻。赖特在以后的回忆录《逃向中国》中，还特别地提到这次逃亡时，疲于奔命的十余个日日夜夜。也正是因为这次与共产党游击队的亲密接触，赖特把抢救英军俘虏和配合盟军作战的更大希望，寄托在共产党人的密切配合上。他一到后方，即刻向上司提出建立"英军服务团"（简称"英团"），在惠州设立"英团前方办事处"。此建议马上得到英国国防部的批准，于1942年7月在桂林正式成立"英军服务团"，赖特任团长，并在惠州设立英团前方办事处，任命祁德尊为办事处主任。办事处成立后，东江游击队

赖特上校（前排中）脱险后合照

积极与"英团"合作，利用港九独立大队的武装力量，深入港九地区，窃取日军军事情报，侦察集中营的情况，拍摄日军据点和基地，为盟军的轰炸提供准确的目标。

后来，由于营救工作的卓有成效，共产党领导的东江游击队国际影响日益提高，因而遭到国民党顽固派的忌恨和干预。迫于国民党当局的压力，1943 年 8 月，"英团"突然决定停止与东江游击队的一切联系。尽管如此，东江游击队仍然从建立国际反法西斯的统一战线的大局出发，给予"英团"极大的帮助和情报支持。

二、直达海边的生命通道

大营救行动开始之前，英国在香港的殖民统治已近百年。在港华人由于多年来受到外籍统治者的欺凌压迫，普遍都有着憎恨心理，常在背地里把白种人称作"番鬼佬"，印度人叫作"摩罗差"，把英国人叫作"红毛鬼"。在英国统治时期，"红毛鬼"的确是趾高气扬，不可一世，他们对华人华侨的压迫剥削极为残酷；更多的时候，还不是"红毛鬼"直接来管理欺压中国人，而是让他们的爪牙"摩罗差"下手，这些"摩罗差"狗仗人势，对华人也是心狠手辣。

1942 年 3 月，港九独立大队计划营救被囚禁在启德机场、进行劳役的一批英军被俘人员，并将任务交给短枪队。港九独立大队短枪队接到营救任务后，个别游击队员颇有微词，他们之所以心有不满，一是出于多年来对"红毛鬼"欺压华人的憎恨心理；二是在港战爆发前，英方答应给港九独立大队的武器弹药，一次次成了空头支票，最后所有的轻重武器都落在了日军手里。如今营救文化人士的任务还没完成，又得组织人力，冒着生命危险去救"红毛鬼"，战士们的不满情绪可想而知。

针对手枪队的这一情况，港九独立大队的领导专门进行了思想工作，并拿出《中共中央关于开展太平洋反日民族统一战线及华侨工作的指示》

的文件来学习，游击队领导还反复地向队员们讲解以下这段话："中国人民与中国共产党对英美的统一战线特别有重大的意义。一方面，在与英美合作之下，消灭日寇是中国民族解放的必要前提；他方面，中国内部团结一致，改革政治军事，积极牵制打击敌人，积极准备战略反攻，又是英美战胜日寇的重要条件。为此目的，中国共产党应该在各种场合与英美人士作诚恳坦白的通力合作，以增加英美抗敌力量，并改进中国抗战状况。"① 这段话说得再明白不过了，营救国际友人，不是为了几个"红毛鬼"和"摩罗差"的问题，而是中国共产党人开展太平洋反日反法西斯统一战线的重大决策。

手枪队的战士们统一了认识，刘黑仔和江水接受了任务。但如何来实施营救，这又成了一个新的问题，急需商讨解决。这一天，在鸡寮村的一间民房里，七八个人围着一张香港地图，正是江水与手枪队员们在开会讨论营救方案。有人提出利用晚间袭击集中营，由一路人掩护，一路人负责转移战俘。因为集中营的日军看管并不严密，只用一层铁丝网，把战俘一围就算是集中营。日本人知道，英国人肤色不同，地方不熟，又不懂华语，跑也跑不到哪儿去。但有人不同意这个方案，他们认为虽然日军对战俘看守不严，但集中营四周有机枪岗哨，外围还有日军巡逻队，海上又有巡逻舰艇，万一被敌人发现，很难突出包围圈。讨论来讨论去，最后大家还是觉得，应该先派人摸进启德机场，侦察清楚集中营的情况，然后再做下一步打算，此时游击队员廖添胜，自告奋勇要求前往集中营侦察情况。

廖添胜自幼在香港长大，以前在飞机场做过临时工，对这一带的地方非常熟悉，还会讲几句英语，江水觉得由他去侦察比较合适。江水嘱咐廖添胜一定要胆大心细，主要摸清敌人的岗哨、日军巡逻换岗的规律、英军俘房关禁的具体位置以及如何与英军俘房联络、通报营救信息，以得到他们的配合等。

---

① 余俊杰、刘中国：《白石龙大营救始末》，花城出版社 2015 年版，第 261 页。

第二天一早，廖添胜化装成卖烟的小贩，混在修机场的民工队伍中，进入了启德机场。他一边沿途叫卖，一边留意侦察情况。此时日军正组织大量人力修复地下设施，机场的周边增设了一层铁丝网，四周设有岗亭，岗亭上有哨兵和探照灯，四面的高坡处还重新建有碉堡和机枪阵地，除了一些端着枪的日本兵在监督施工外，还有一队队日本兵的巡逻队，从碉堡前走过。他还发现，靠海一边新增的铁丝网上有许多电线是通电的。廖添胜边走边想，是按第一个方案强行营救是绝对行不通的，即便是一时得手，能冲过第一道铁网，也冲不出日军的机枪射程。

正在他苦思冥想时，突然听到一声断喝："卖烟的，你的过来！"廖添胜抬眼一看，只见一个日本兵正端着枪向他走了过来，廖添胜镇静了下，不慌不忙挎着烟篮迎了上去。一边走还一边说："太君，你的抽烟？"那个日本兵"唔"了一声："什么香烟，统统地拿过来。"廖添胜把烟篮递过去，日本鬼子拿起两包三五牌的香烟，闻了闻，然后说："唔，三个五挺好的。"说完拿着烟头也不回地走了。

日本兵走后，廖添胜吆喝着"卖烟！卖烟！"，继续向机场的南面走过去。这是机场跑道的一侧，竖着许多路标，在路标的边上，却凹陷出一块低地。在这里他发现了一条地下排水沟，排水沟由大涵洞一节节地接成。涵洞的直径有80厘米，廖添胜假装解手，跳下沟里，想看个究竟。下去后他发现涵洞的水不多，且出口处就在海边，他心里想若是让英军俘虏从这个涵洞钻出去，在海边安排接应，完全有机会将他们营救出来。

廖添胜回来立即向刘黑仔汇报了情况，大家都觉得从涵洞爬出来是最佳的施救方案。问题是如何通知英军俘虏，让他们知道这个出口？又如何让他们相信，东江游击队会在海边接应？为了完成这两项任务，廖添胜只得再去一次启德机场。第二天，廖添胜仍然挎着装卷烟的篮子混了进去，他进机场后一边吆喝叫卖，一边往英军俘虏劳动的工地走去。到了英军俘虏的工地上之后，他先拿眼扫了一下整个场地，发现不远处有日本兵端枪看守着，而且不时地来回走动。廖添胜并不着急，而是乘看守的日军转身

走过去的时候，迅速地走到一个高高大大、肥肥胖胖的英军士官面前问道："买烟吗？买什么烟？"因为他估计这个可能是一个英军军官，在他假装给军官介绍香烟的时候，又低声地用英语告诉这位士官，东江游击队要来救他们出去，从这里往东走不远，有一排水涵洞，直达海边；游击队在海边接应，今天晚上就开始行动，越快越好，请不用疑虑，游击队是诚心来营救盟军的。高个子士官警惕地抬起头看了下四周，支支吾吾地点了点头，算是回答。

当天晚上，江水派出短枪队小队长赖章，带着廖添胜几个，分两组埋伏在下水道的出口处等候，他自己则带着其他几位队员在不远处警戒接应。但是等到半夜，还不见人影，廖添胜很是焦急，想爬进涵洞去看个究竟。刚刚爬进洞口，就似乎听到里面有低沉的涉水声，廖添胜退了回来，继续在洞口守着。许久没有动静，他正欲再次爬进洞中，刚把头伸进洞口，又听到了低沉的涉水声，但就是不见有人爬出来。廖添胜只好再次爬了进去，洞内黑乎乎的，什么也看不见。再过一会儿，听见水声越来越响，哗啦哗啦伴着人喘气的声音，终于来了！

廖添胜轻轻地拍了两下手掌，对方也回应了两下，暗号对上之后，里面爬出了两位英军士兵，一胖一瘦，廖添胜定睛一看，打头的那个正是白天见过的高个子，廖添胜赶忙问："一共出来了多少人？"高个子答只有他们两个打头阵，因为他们对游击队的营救半信半疑，故决定让他们两个先试试水，确信无误后，再大批地出来。江水和廖添胜感到非常可惜，时间紧张，这么好的机会，现在却只爬出了两位。

游击队领着两位英军涉过齐胸的海水，悄悄地从牛头角上岸，再沿着海边来到鸡寮村。原计划在鸡寮村住一宿，但大家的衣服在渡海时都已湿透了，经海风一吹，冷得瑟瑟发抖，再说这里离日军驻地太近，也不安全。于是大家决定连夜赶路，一方面通过热身来抵御寒气，一方面逃出危险地带。

他们经过井栏村，再到南围村、北围村，一口气走了几十里山路，直到天将亮时，才来到西贡的"不夜天"交通站。到了这里大家才算松了口气，交通员张婉华给英军弄来了牛奶和面包，泡上热茶，又把懂英语的游击队员古天蓝找来当翻译，这才知道高大肥胖的英军是上尉军官，名字叫汤逊。汤逊此时很是激动，知道游击队是诚心诚意来营救他们出集中营的，此时江水也不解地问道："怎么你们才出来两个人？"汤逊上尉歉意地笑笑，答道："我们两个先试下是否安全，如果我们两个不出事，不被日本军队抓回去，他们就会放心出来，今晚会有大批爬出来。"

江水听说今天晚上会有大批英俘出来，赶忙将汤逊他俩送去港九大队部，先乘水上交通员袁容娇母子的小船，从西贡到北潭涌，然后再派人护送过北潭坳到达赤径大队部。

当天晚上，江水带领游击队员马不停蹄地匆匆赶回西贡，做好接应大批英俘的准备工作。没想到，守了一夜，结果出来的还是两位英军，到了第三天的晚上，江水带着队伍正要去海边的洞口接应时，远远发现日军在下水道口设置了岗哨，海边的出口处也有了日军巡逻，显然日军已经发现英军战俘逃跑的通道。江水他们感到非常可惜，这条直达海边的生命通道本可以营救大批的英军俘虏出来，只因他们太多的疑虑而失去了最佳的逃离机会。

三、不弯的脊梁

司徒美堂是著名的旅美侨领，也是洪门致公堂的头面人物。1868年他出生在广东开平，15岁赴美谋生，18岁加入美国的洪门致公堂，曾鼎力支持孙中山的辛亥革命，九一八事变后立即在美国领导发动侨众开展抗日救亡活动。淞沪大战打响后，积极组织捐款捐物，支援十九路军。七七事变之后，为更加有力地支持祖国抗战，他在美国参与发起成立"纽约华侨抗日救国筹饷总会"，并担任常务委员。皖南事变之后，他在美国发出通电，要求蒋介石停止内战，一致抗日，同时积极拥护共产党的政治主张，呼吁

司徒美堂

广泛建立民族统一战线，他的民族气节和爱国行动在华侨界赢得极高威望。

1941 年 12 月初，司徒美堂从美回国，途经香港，此时港战还未爆发。宋庆龄特意设宴为司徒美堂接风洗尘，何香凝、廖梦醒及司徒美堂的儿子司徒柱一同出席宴会。席间，宋庆龄向司徒美堂介绍了中国共产党领导的抗日武装，以及他们在抗战中所做出的贡献。司徒美堂听后，对八路军、新四军赞叹有加，钦佩不已。

日本特务获悉司徒美堂来到香港之后，把他严密监视起来。港战结束之后，香港的日本特高科长官矢崎，为了诱逼司徒美堂出任香港的维持会会长，立即派人请他前来晤面。会谈中，矢崎满脸堆笑，装出一番诚意，要他出任香港的维持会会长，协助日本军政府搞好香港治安，共建"大东亚共荣圈"。矢崎不愧为特高科的资深特务，他了解洪门帮会的历史渊源，也深知这股民间力量的强大渗透力和影响力，他此举是想利用司徒美堂在洪门帮会和海外华侨中的声望和影响，来达到"以华制华"统治香港的目的。时年 75 岁的司徒美堂，听完矢崎的话淡然一笑，先是感谢了矢崎的"倚重"和高官厚禄的许诺。接着他一字一顿地对矢崎说："我已年过古稀，不想再在入土前背黑锅，那样就如贞妇白头失节，半生之清苦俱废。所以我决意不当什么维持会会长。"矢崎开始以为司徒美堂在客气婉辞，听完后却气得咬牙切齿，真想立即下令把这个倔老头给毙了。但碍于香港洪门帮会的势力，不敢贸然下手。矢崎碰了一鼻子灰，心有不甘，打算回去硬给司徒美堂发一份委任状，若他再不愿意干，寻找机会把他除掉。

廖承志、潘汉年得悉这一情况之后，意识到司徒美堂的处境已十分危险，必须采取紧急措施救援，除派出地下特工秘密保护、联系接应之外，马上着手策划安排司徒美堂的秘密出港。考虑到司徒美堂的特殊身份，又是日本特务重点监视对象，加上他当时年事已高，行动不便，转移工作难度很大。为此，香港地下党组织专门成立了一个行动小组，对司徒美堂的出港路线、沿途食宿、武装保护、内地接应等做出了周密安排。

据连贯回忆：待一切就绪，他们便派一位地下工作人员躲开日本宪兵、国民党特务的严密监视，与司徒美堂先生秘密联系上。当司徒美堂得知来者是孙夫人派来的，心中十分激动。他表示，一定不辜负孙先生的栽培，不辜负孙夫人的期望，做一个堂堂正正的中国人，绝不被日寇所利用。对我党营救他出港进入内地的计划他完全赞同，司徒美堂表示，在他最危难的时刻，共产党向他伸出了关怀的双手，可谓患难之交，答应一切行动按我党的指示办。于是，就在矢崎差人将委任状送到美老家中的当天夜晚，我地下工作人员通知司徒美堂与其儿子司徒柱化装离港。为安全起见，特意让司徒美堂换上他很少穿的长皮袍，让司徒柱换上布衫、布裤，扮作仆人，与地下工作人员一起抬着"滑竿"，连夜赶到九龙。到九龙后，他们日宿夜行，来到大埔，并与等候在那里的渔船接上头。当渔船刚将他们送至江面时，即遭到土匪的枪火追击，渔船上的游击队员奋力划船，将个人生死置之度外，终于使他们安全到达澳头。在澳头，东江游击队战士将司徒美堂送到游击队大队部休息了 3 天，使其体力得以恢复。

在地下党和东江游击队的共同努力下，司徒美堂随后经惠州、老隆、韶关转至桂林，从桂林乘飞机前往重庆。在他抵达重庆次日，周恩来与邓颖超前往看望他，去时特意带了一份《新华日报》，中共驻重庆办事处还为司徒美堂举行欢迎大会。司徒美堂回到美国之后，有感于香港的这段特殊经历，更加积极发动华侨捐款，支援祖国抗战事业，并将更多的筹款和物资直接捐给中共抗日武装力量，为此还遭到重庆政府的诸多责难和攻击。据连贯回忆："八年抗战期间，仅额捐一项即达 1400 万美元，纽约的华侨平均每人额捐约为 800 美元……司徒美堂先生在美洲，不顾国民党右派分子的攻击，在财力上给予八路军、新四军以极大的支持。仅我在八路军、新四军驻香港办事处工作期间，便多次收到美老从美洲汇来的大批捐款。

其爱国之情，感人至深，令人难以忘怀。"

在法西斯的铁蹄之下，不仅有司徒美堂这种具有不屈民族气节的爱国人士，也不乏戴望舒这种铮铮铁骨的文人。戴望舒是著名的现代派诗人，以一首《雨巷》闻名文坛。抗战爆发后来到香港，与许地山等人组成中华全国抗敌协会香港分会，这是一个公开与日本人对立的组织，戴望舒在其中担任理事，还先后任《大公报》《耕耘》《星岛日报》等文艺副刊主编。1941年年底香港沦陷后，日本的文化特务四出活动，把一大批爱国民主人士和进步文化人士列进黑名单。他们不单掌握了戴望舒反日宣传的秘密，还掌握了戴望舒与许地山、端木蕻良、于毅夫等经常集会，策划抗日活动的"罪证"。日军控制香港之后，日本特务查封了报馆，抓捕了戴望舒。审讯中，日本特务要戴望舒供出所列名单上文化人士的住址，并公开登报表示愿意参与"大东亚共荣圈"的建设，以此换取自由，也允许他继续在港办刊办报，为"中日亲善"效力。戴望舒坚决不从，日本人只好把他投入大牢。他自知必死无疑，在狱中写下了《狱中题壁》一诗，表现出宁死不屈的民族气节：

如果我死在这里，
朋友啊，不要悲伤，
我会永远地生存
在你们的心上。
你们之中的一个死了，
在日本占领地的牢里，
他怀着的深深仇恨，
你们应该永远地记忆。
当你们回来，从泥土
掘起他伤损的肢体，
用你们胜利的欢呼

把他的灵魂高高扬起。

然后把他的白骨放在山峰，

曝着太阳，沐着飘风，

在那暗黑潮湿的土牢，

这曾是他唯一的美梦。

戴望舒被捕后，八路军驻港办事处一边通过潘汉年、陈曼云的情报机构与日本特务交涉，策划营救，一边加紧组织文化人士的转移工作。在日本军政府大举搜捕文化人士期间，报道部还通过日本学者，写信给国学大师陈寅恪，以40万日元的高薪聘请他来筹建香港东方文化学院，遭到陈寅恪的严词拒绝。报道部特务仍不罢休，派出宪兵给陈家送去面粉和食物，企图用此来感化陈寅恪。陈寅恪夫妇虽在此时正为一日三餐犯愁，却拒不接受日本人送来的食物。宪兵往屋里搬，他们夫妇便往屋外拖，软硬都不吃。除此之外，京剧名伶梅兰芳、世界球王李惠堂、歌星李少芳等都遭到日军控制，后在中共游击队的帮助下，先后逃离香港，脱离虎口。

四、冤家路"宽"

1942年1月中旬，刘黑仔接到上级的命令，要他尽快打听到上官德贤的确切住址，并负责将她营救出来。

上官德贤是时第七战区司令官余汉谋的太太，1938年9月，日军准备进攻华南时，余汉谋就把太太和亲属疏散到香港，开始住在九龙市区的一幢洋房里，日军进攻香港时，被迫转移到新界沙田居住。香港沦陷后，上官德贤一家数十口被困在了沙田，她们整天提心吊胆，坐卧不安。

刘黑仔等开始以为上官德贤是民主人士或文化人士，后来一打听，才知道她竟是皖南事变"围剿"新四军的总指挥上官云相的亲妹妹，不由得火冒三丈。不认识刘黑仔的人，会以为他是一个目不识丁的武夫，其实不

然。刘黑仔原名刘锦进，1919 年生于龙岗大鹏湾，曾做过小学老师，参加过抗日救亡活动，还在"海岸流动剧团"演过游击队长。他从小练过武功，可谓多才多艺，只是皮肤黝黑，故被人称为"刘黑仔"。1939 年他加入中国共产党，同年 12 月参加曾生组织的抗日游击大队。来到港九之后，成为短枪队长。

刘黑仔不但对上官云相有怨恨，对余汉谋也无好感。余汉谋身为广东的最高司令官，统帅着十几万国军，在 1938 年 6 月，日军进攻南澳岛时不战而退；10 月日军进攻大亚湾也没严守；接着把广州城也拱手让给了日军。1940 年却一次次组织重兵"围剿"东江游击队，在海陆丰重创曾、王两部，800 人的队伍只剩下了 108 人突出重围。现在还要让游击队员冒险去救他的夫人？真是冤家路窄！

知道刘黑仔有情绪，尹林平政委专门找刘黑仔谈话，耐心地做他的思想工作。他对刘黑仔说："你说得对，余汉谋不但'围剿'东江游击队，早在十年前就在江西'围剿'工农红军，任第一集团军第一军军长，还兼赣湘粤闽第六绥靖区纵队指挥官，说起来真是冤家对头。但他在后来的粤北会战中也重创了进犯的日军，日军也恨余汉谋。今大敌当前，我们要团结一致、枪口对外，这是党中央的指示，也是我党的统一战线政策。"最后尹林平说，我们现在这样做，第一是表明共产党人以国家民族利益为重的开阔心胸和合作诚意；第二是为了争取余汉谋司令坚持积极抗日。这是一项政治任务，一定要竭尽全力完成营救任务，保证上官德贤夫人及随员的绝对安全。

经过尹林平的一番开导，刘黑仔与黄清他们接受了任务。日本军政府管辖下的香港，到处是荷枪实弹的日军，所有的交通要道岗哨林立。他们既未见过上官德贤其人，也不知道她的住处，在偌大的香港找这么一个人，真好比大海捞针，不知从何入手。

没有目标的黄清便从香港岛走到九龙，又从九龙转到新界，走遍了大街小巷、村头村尾，除了暗中观察，还走访了许多熟悉的当地人。几天过去了，上官德贤的消息还是一无所获。直到 1 月下旬的一天，黄清在新界的沙田附近看到了一位 30 多岁的男子，挑着一副担子，看他走路的样子，担子应该很沉重。黄清忍不住好奇，拿眼往箩筐中看了下，只见箩筐内装的全是大米、蔬菜和副食品。他心里想在这个四处逃难的日子，买这多米和菜的人家，一定是大户人家，莫非……

黄清不由地跟在挑担人的后面走，想弄清楚这个人究竟往哪儿去。刚过了铁路，突然走来两个年轻人拦住了挑担人，原来是两个小混混，要抢挑担人的箩筐。挑担人急了，放下箩筐，拿起扁担，紧张地护住箩筐，年轻人一下围了过来，黄清见状，不由地大喝一声：住手，光天化日敢打抢！那两个家伙见黄清单枪匹马，手上又无武器，非但没听劝阻，还气势汹汹地向黄清扑了过来。黄清心想，多半是遇到了"胜利友"的小流氓，不由地一下火起来，撸起袖子，拉开马步，待匪徒一靠前，三拳两脚把他们打翻在地。小混混自知不是对手，爬起后落荒而逃，挑箩筐的拉着黄清连连向他道谢。

黄清乘机说道："老板，今兵荒马乱，物资奇缺，你一个人挑着那么多米和菜，说不定前面还会遇到坏人，要不我帮你挑一程，送送你。"那人见黄清如此热心，又一脸真诚，也就把担子让给了他，并说道："不远了，就在前面的何东楼。"黄清一直帮他把菜担挑到了何东楼门口，正欲进去，那人却让黄清把担子放下，并叫他在门口等等。不一会儿那人出来了，手里拿了几张票子，塞到黄清手中，说是酬劳，并再连声地道谢。黄清知道那人故意不让他进屋，便公开亮出了身份，他说："我不要你的钱，我是东江游击队的，你以后有什么困难尽管找我，我们一定竭尽全力帮助。"说完就离开了何东楼。

黄清一回来，就将路上发生的情况详细地跟刘黑仔做了汇报，刘黑仔与黄清分析了一番，觉得极有可能是上官德贤的最新住址。因为何东楼一带，在港九沦陷后，很多国民党的军政要员家属都搬迁到这一带居住，即使上官德贤不住在这，说不定也可从这里打听到线索。因为新界地方大、

高山多，日军除了在公路和铁路沿线派兵把守之外，很多村落和圩镇只能不定期地组织巡逻和搜查，港九独立大队的几个小分队也常在这一带活动，他们商量的结果是再去找到那个挑担人，一定要把何东楼的情况摸个水落石出。

黄清领命，再次来到何东楼门口，来了好多次都没碰上挑担人。无奈之下，他打算用守株待兔的方式候着挑担人的出现，一天、二天过去了，仍没见着人，第三天那买菜的挑担人果然又出来了。他一看见黄清主动地走过来打招呼，还把黄清拉到一边，悄声地问："你们是哪个游击队的？"黄清说是东江游击队港九手枪队，那人听后很高兴，赶忙说，有位太太想见您，请您跟我进何东楼一趟。

黄清走进了何东楼，见面的太太果然是余夫人上官德贤。说来也凑巧，那位买菜的挑担人是余夫人身边的一个副官，姓陈。陈副官把那天买菜碰到游击队的事，告诉了余夫人，余夫人一听是游击队，赶忙叫他去打听清楚，看是谁的队伍。她一直以为余汉谋会派人来接她，但日本鬼子封锁了道路、渡船，余汉谋麾下的一八七师远在惠州淡水，鞭长莫及。日军搜查越来越紧，若是让日本人知道了她是余汉谋的夫人，后果可想而知。除了生命安全，她还有15担行李、100多担在港采购的紧俏物资没来得及运送出去。近日来她天天提心吊胆，度日如年，今找到了抗日游击队的人，如同找到了救星。

黄清立即返回西贡，把上官德贤的情况向港九独立大队做了汇报，蔡国梁、陈志贤等马上研究营救方案，并命令刘黑仔手枪队迅速行动，尽快营救上官德贤脱险。根据营救方案，游击队选定的转移路线仍是走海路，即从西贡到沙鱼涌，上岸进坪山转入惠阳游击区。但由于货物太多，从沙田到西贡，这段山路必须雇人挑脚，而在沙鱼涌上岸后，还得雇人挑担。这100多人的挑担队伍，加上护送人员，浩浩荡荡动静太大，极易引起敌人的注意，这给游击队出了一个颇伤脑筋的难题。为了稳妥起见，刘黑仔他们想来想去，只得采取人货分离，分段转移的办法进行。

手枪队先在沙田雇了挑夫，分批把120担货物秘密转移到西贡的沙角尾村，又从吉澳雇了一艘大帆船，开到西贡岐岭下的海边上等候，然后趁黑夜雇人把货物装上船。待一切准备妥当，才叫上官德贤一行全部化妆成逃难的老百姓，在游击队便衣的护送下秘密上船。黄清手枪队员随船警戒护卫，陈志贤的护航队员则分乘二条槽子船，尾随护航。与此同时，已提前派人通知惠阳大队到码头接船。

惠阳大队接到通知后，由副大队长高健带领丘荫棠、黄秀、钟生等20多位全副武装的游击队员出发。他们来到小梅沙，隐蔽在海边浓密的树林中等待，但直到天黑，仍没有看见海面上应该出现的联系信号。此时，前去侦察的手枪队员高老叶和曾尧前来报告，说近几天日伪军频繁出动，在沙鱼涌、葵涌、盐田一带"扫荡"，敌情较为复杂。话没说完，海上突然传来轮船的马达声，大家都朝海面上看去，却不见联络信号，原来是日军的巡逻艇。巡逻艇在大、小梅沙的海面上兜了一圈之后开走了。又过了许久，仍不见海面上有信号出现，大家不由得有些焦急。又过了一个多钟，终于看见一丝光亮由西向东慢慢移动，越来越近，是一艘单桅的帆船；在离海边还有一段距离时，船上终于发来了"两长一短"的手电光信号，黄秀立即拿起手电筒向对方发出了3次同样的信号。

信号对上后，游击队员们从树林中出来，朝海滩奔去，丘荫棠一眼认出了站在船头的黄清。黄清原来也是惠阳大队的队员，日军进攻香港前才调到刘黑仔的手枪队，此时战友相逢不由地拥抱起来。

上官德贤一行共有12人，两个姑娘，两个副官，两个与她合伙做生意的商人，还有几个是她的亲属，除此之外还有满满一船的货物。这些货物全部打包封装，据陈副官说都是虎标牌万金油、冯强牌胶鞋、布匹、西药等紧俏物资。交接完之后，丘荫棠和黄秀等游击队员分头行动，一边由高佬叶和陈光玉去莲麻坑请人来搬运货物，一边安排上官德贤一行上岸食宿，钟生则带着两个武装班负责警戒。

正当大家分头行动时，突然从沙头角方向传来密集的枪声，钟生立即带领队伍散开，准备掩护上官德贤一行上山隐蔽。此时曾尧匆匆跑来报告，说密集的枪声是高健副大队长带领另一班人马袭击沙头角的敌人，目的是为了转移视线，掩护上官德贤安全上岸。黄秀一听，立即带着机枪班走在前面开路，丘荫棠等陪同上官德贤紧随其后，黄清带着几名队员以及陈副官和两位商人留在船上，等候前来搬运货物的挑夫。

莲麻坑村是一个只有几十户人家的小山村，离小梅沙只有两公里，临山靠海，游击队常在这一带活动，群众基础很好。待把上官德贤几个安置好之后，30多位村民挑夫往返几趟，才将120担货物全部搬进了村里。此时，压在上官德贤心上的一块石头，总算落了地。

虽然莲麻坑村附近没有日军驻守，但日军经常会组织"扫荡"，故也不是久留之地。游击队只安排上官德贤在莲麻坑村住了一晚，便立即带着她往嶂顶村转移。由于在莲麻坑村雇不到那么多挑夫，货物只得分两批搬运，第一批由钟生的步枪班护送，深夜2时出发，送到嶂顶村后，留下4位游击队员看守，其余则返回莲麻坑搬运第二批物资，丘荫棠几位则随同上官德贤一行凌晨出发。20多公里山路，走了5个小时，天亮时才到了嶂顶村。

就在他们来到嶂顶村的当天，日本鬼子的一个中队就到莲麻坑、盐田一带"扫荡"。这一次及时地转移，让上官德贤不由地连声道谢并感慨："你们游击队情报准确，行动敏捷、果断，所以能在敌人眼皮底下去去来来而安然无恙，本人在香港只是听闻，这两天和你们在一起亲眼所见的，证实了贵军确实是一支英勇无畏、以民族利益为重的抗日队伍啊！"[①]

高健让众人在嶂顶村休息一晚，第二天一早经汤坑，走风树山到田心，同时在嶂顶村再雇60个挑夫，120担货物一同运走。由于山路崎岖，队伍又长，他对游击队的护卫工作重新做了部署，由丘荫棠、高佬叶、陈光玉3人在前面带路，黄秀等几个手枪队员随上官德贤走在中间，钟生带两个武装班断后。从嶂顶村一早出发，中午到了红花岭，在红花岭休息了一会

---

① 廖承志：《胜利大营救》，解放军出版社1999年版，第232页。

儿，接着赶路。

　　到了马栏头村，他们吃过晚饭继续转移，不想刚刚走到一个山坡上，突然出现4个蒙面大汉，手持驳壳枪拦路喝令："不准动！"丘荫棠在前开路，一看对方的手枪还没打开保险，赶忙向高佬叶和陈光玉打了个手势，3人同时拔出打开保险的手枪，对准来人并高声喝道："举起手来不准动，否则打死你们！"4个蒙面汉子，自知来不及反抗，只好俯首就擒。原来这几个是国民党杂牌军的散兵，想在天黑前出来拦路抢劫，没想到碰上了惠阳游击队，当了俘虏。上官德贤获知行劫的是国民党军时，怒气冲冲地说要立即枪毙了他们。

　　到了汤坑村之后，交通站安排上官德贤一行在汤坑小学过夜。上官德贤由于连走了两天山路，脚上打起水泡，为了不影响行军速度，游击队做了几副竹轿子，雇人抬着那几位女的赶路。第二天在汤坑村重新雇了120个挑夫，从汤坑出发，当天晚上到达葵涌的风树山村。

　　风树山村距沙鱼涌不远，因沙鱼涌驻有日军，考虑到安全，第二天趁天没亮，众人便离开了风树山村，摸黑走了两个多小时才走到葵涌与淡水的交界地。这一带治安情况较为复杂，经常有国民党的散兵游勇、土匪流寇出没。为了保证安全，护送的游击队又重新分为两路，一路由钟生带领一个机枪班和半个步枪班，护送105担货物，经田心、樟树布到淡水地区的十围村，陈副官和两位商人与货物同行；另一路由黄秀带领余下的队员，护送上官德贤夫人一行和15担行李沿田头山边，经田心，到十围村汇合后进入秋长茶园。

　　待黄秀及上官德贤一行来到田心小学时，高健早已在此等候了，上官德贤见到高健非常激动，一边称赞游击队纪律严明，照顾周到，一边讲述自己被营救脱险的经过。最后她说："在危急关头，幸得贵军帮我雇人雇船，护送我从西贡过海，渡海后又得到你们惠阳游击队接应、护送，使我们避开了日军的追截，顺利到达这里，否则我们的生命财产将不堪设想。"

　　高健听完后，向上官德贤夫人介绍了东江游击队与日、伪的战斗情况，也提及了国民党驻军同游击队的摩擦情况。他希望上官德贤把这些情况，向余汉谋司令官如实反映，并希望余司令以国家民族利益为重，同共产党游击队共同抗日。上官德贤听后坦率地回答说："过去，我们对贵军缺乏了解，加之政治见解不同，难免出现偏见和摩擦。自从香港沦陷后，我对贵军英勇抗日的行为……拯救文化界人士、民主人士、国民党军政官员及其家属的行动，有了深入的了解和切身的感受……我回去后，一定要将这些情况面告我的丈夫，面告我的友人和部队，促使他们和贵党、贵军携手抗日。"①

从田心去秋长茶园的路上，高健还增派了郑伟灵带领一个小队参加护送，他本人带着警卫员亲自送上官德贤走了一段路。辞别时高健将游击总队领导写给余汉谋的一封信交给她，请她转呈余司令。这封信的内容，主要是阐明我军营救他的夫人等从香港脱险归来，是执行共产党抗日民族统一战线政策，希望他以国家利益为重，停止摩擦，一致抗日。

五、不夜天的"贵客"

到了1942年4月，港九文化人士的转移工作已近尾声，此时转移护送的大都是国际友人和国民党的一些官员家属。

这一天，杨惠敏来到了"不夜天"茶座，他找到黄冠芳、江水等人，要求游击队协助营救滞留在港的国民党南京市原市长马超俊的太太及小姨子等，同行的还有电影明星胡蝶。杨惠敏是通过陈曼云认识黄冠芳的。陈曼云是蔡楚生的新婚妻子，也是地下情报工作者，为了香港的营救工作，丈夫蔡楚生已随夏衍等人一批转移，她被组织留下协助潘汉年、刘少文搞情报工作。文化人士出港的通行证几乎都是通过她与日本特务小泉的关系弄来。既然有陈曼云介绍，黄冠芳自然不能拒绝。

---

① 廖承志：《胜利大营救》，解放军出版社1999年版，第235页。

　　杨惠敏是有来头的，1937 年 10 月 28 日午夜，当时还是上海润州中学初二年级的学生杨惠敏，竟敢冒着生命危险游过苏州河，把裹在身上的国旗送到守卫四行仓库的八百壮士的阵地。淞沪会战是当时中日军队进行的一次规模巨大、时间持久的战役，交战双方共投入近百万兵力。而守护在上海四行仓库的谢晋元团又是这场战役中打得较为惨烈的。当时的四行仓库四边已被日军包围，周围插满了日军的太阳旗，到了 10 月 29 日早晨，突然在四行仓库的楼顶上升起了一面青天白日旗，这极大地鼓舞了八百壮士，坚定了他们誓与阵地共存亡的决心。看到国旗的上海市民更是欢呼雀跃、呐喊助威，连英租界的外籍士兵也列队鸣枪，纷纷向中国国旗敬礼，谢晋元说："她给我们送来的不仅是一面国旗，而是中华民族誓死不屈的坚毅精神。"

　　正是因为这一壮举，杨惠敏一下成为了抗日英雄。面对这么一位充满传奇色彩的抗日女英雄，又加上有地下党组织的引荐，黄冠芳答应全力帮助护送他们安全出港，并要杨惠敏先联系好马太太及胡蝶，再来通知。过了两天，杨惠敏再次来到"不夜天"茶座，她对黄冠芳说找到了马太太和胡蝶她们，都住在九龙城内，只是行李太多，要黄冠芳想法派人协助搬运。

　　黄冠芳问有多少行李，杨惠敏说有好几十箱，这下却让黄冠芳很是为难，他对杨惠敏说，如今香港的情况你也清楚，敌人盘查很严，能丢的尽量丢掉，不宜太负重。但杨惠敏说都是胡蝶的东西多，如今都是挑出来的贵重物品，不能再丢了。黄冠芳思索了一会儿说，就是不能再丢，也不能一齐搬运，只能每次两三担的分批运，只是要耽误好几天。杨惠敏不依不饶，硬要黄冠芳想办法帮此大忙。最后商定由游击队雇人帮助抢运行李，一待行李运齐，由杨惠敏负责带人过来，一齐上船过海。黄冠芳考虑到是贵重物品，不敢在外雇人，便把这挑行李的任务交给了张婉华。张婉华通过姐夫胡有找了几个可靠的熟人，足足忙了一星期，才把马太太及胡蝶的行李运到西贡。

　　行李没装船之前，黄冠芳就与杨惠敏约定了启程的时间。待到行李装

影星胡蝶

到了船上，护送人员也都到齐了，本该开船出发的时候，除了马太太姐妹俩和几个随员，就是不见胡蝶来。此时码头上人多且杂，不时有日军的巡逻队走过，情势不容久留，黄冠芳当机立断，让游击队员立即开船护送马太太他们乘坐的槽船先走。

马太太她们走了之后，大家又等了很久，还是不见胡蝶来，此时的黄冠芳也有些焦急。他安排船工，把装着胡蝶行李的那条槽船停在不显眼的岸边，并留下几个游击队员看守，以待胡蝶的到来。可是等来等去，直到天黑都不见杨惠敏和胡蝶的影子，游击队只好在船上留守过夜。第二天拂晓，日本兵突然出动一队人马，直扑西贡圩，然后沿海边码头一路搜查，一下就找到了装有胡蝶行李的那条船，先把船上的货物行李全部扣押下来，接着还要抓捕船工和看守的人。幸好张婉华和看守的游击队员跑得快，逃脱了日本鬼子的追捕。

到了中午，胡蝶才姗姗来到西贡，当她知道自己的行李货物全让日本人抢走之时，难过得捶胸顿足，抱头痛哭。也不怪她难过，那可是她几十年演艺生涯积攒的全部财产。黄冠芳问她为什么不按约定时间过来，胡蝶哭诉着说是杨惠敏说事还未办完，要办完事再通知她来。黄冠芳听后，不由一怔，杨惠敏叫她等通知？不是有约在先吗？马太太一行昨天就走了，再迟也不能过了一夜才通知胡蝶来吧？难道她不知道西贡的局势？难道日本鬼子知道……

一连串的疑问让黄冠芳没敢往下想。胡蝶是上海人，原名胡瑞华，先后有《战功》《歌女红牡丹》《啼笑因缘》爆红电影界，有"影后明星"之称。黄冠芳还听说过，日本报道部特务曾挟持她与梅兰芳去东京为"中日亲善"拍片子，在民族大义面前，梅兰芳和胡蝶都决不妥协，就凭这气节，黄冠芳敬重她也同情她。但事已至此，财物落进了日寇手里，黄冠芳也爱莫能助，他只能好言劝慰。

黄冠芳对胡蝶说，钱物没了是小事，人没什么事就万幸了，并嘱咐她以后一定要多加小心。说到后来，他不由地多问了几句，你与杨惠敏熟悉吗？你是否了解她？杨惠敏这个人怎么样？胡蝶含着眼泪回答道："我与杨惠敏不熟悉，也是通过蔡楚生夫人陈曼云认识的。自行李搬走后，我一直待在家里等她通知。我也奇怪，又不是她送我出港，她又不跟我同船走，干嘛要等她把事情都办完才来通知我，不是说好的与马太太她们同行的？我今也真不知她葫芦里卖的什么药了。"说着说着，胡蝶又哭了起来，再也无法诉说下去。

这件事情发生后，大家都觉得蹊跷，黄冠芳回来后，详细询问了张婉华及看守行李的几个队员，把综合情况向游击大队做了汇报。蔡国梁、江水都觉得事出有因。为了进一步弄清日军突然搜船的真相，游击队通过刘少文和陈曼云，获取了许多有关杨惠敏的信息。

1941 年，杨惠敏来港准备赴美留学，得到重庆政府孔祥熙亲批的 3000美元助学金。太平洋战争爆发后，她的留学梦破灭，香港沦陷后，她曾回到韶关曲江。当时国民政府成立了个赈灾委员会，并在曲江设有难民接待站，陈志牟为接待站主任。陈志牟安排杨惠敏参与接送困滞在港的政府要员家属回内地，杨惠敏领命后根据陈志牟提供的名单，曾先后往返香港和内地之间，将国府主席林森亲属和东吴大学教授吴经熊一家，从香港护送到内地。她这一次来港主要是接南京市长马俊超的家属，后来怎么又突然连带了胡蝶，而且又将这个接送的任务转手交给了东江游击队，这究竟是什么动机呢？他们分析来分析去，越发觉得这"杨小姐"不可小觑，猜测这次"意外"不是暗通日本人没收胡蝶货物行李，逼胡蝶留港为日本人服务，就可能是偷梁换柱借机窃取胡蝶细软财物栽赃游击队，从而捣毁地下党的秘密交通站，抓捕地下党员。若果真如此，那真可谓是一箭双雕的毒招。

六、谁把谁坑了

1942 年 5 月下旬的一天，一个自称是胡有的香港人来到东湖旅店，急着要找"罗衡"老板。叶景舟不认识胡有，问他找"罗衡"何事，胡有说是生意上的大事，香港黄老板有紧急信件要他面呈"罗衡"老板。叶景舟问是哪一位黄老板，胡有说是黄冠芳黄大哥。听说是黄冠芳派来的，叶景舟赶忙安排他与卢伟如见面。胡有见到卢伟如后，即把黄冠芳的亲笔信交给他，卢伟如看信后大吃一惊，原来是香港的地下交通员在惠州被军警秘密拘押了。他立即找来廖安祥，商量如何来营救被张光琼亲自扣押的张婉华。

事情经过是这样的，胡有叫张婉华与阿森把一些机器零件和药品运送到惠州"东和行""惠丰行"来出售，随行的还有地下党员九龙启新学校校长黄健生和叶挺英，他们把货物处理之后，各自回去了。只有张婉华因身体不适在惠州住了几天医院，出院后又在表嫂文秀英家里养病。有一天，张婉华在街上突然碰到一个很面熟的人，双方对视了一会儿，也没打招呼便各自走开了。张婉华颇感纳闷：这不是杨惠敏吗？她不是早已飞往重庆了？怎么还会在惠州碰到？想到"不夜天"茶座发生的怪事，张婉华不由地警觉起来。

到了晚上 10 点，张婉华已经上床睡觉，突然有人敲表姐家的门。一个陌生人一开口就问："张小姐住这儿吗？杨小姐摆酒设宴派我来请张小姐赴会。"张婉华自知情况不妙，杨惠敏能这么快摸到表姐的家，并知道自己住在这里，说明来者不善。都 10 点钟了，还赴什么宴，明明是一个借口，一个陷阱。无论张婉华怎么婉拒，来人就是不走，张婉华只好披衣起床。刚一出门，身后就闪出几个穿军装的国民党士兵把她扭住，接着又闯进屋里翻箱倒柜，抄了文秀英的家。

张婉华被押到了张光琼师部，阿森也被抓了进来。一个国民党军官装模作样地开始审讯："你是张小姐吗？认识黄冠芳、江水吗？"张婉华回答说："她在西贡'不夜天'茶座做招待员，每天都大把客人，有做买卖的，有逃难的，也有带枪的，哪里知道他们叫什么名字？"那军官一瞪眼突然又问："那你知不知道胡蝶的行李是谁抢走的？"张婉华立即答道："我知道胡蝶的行李是日本鬼子抢走的，听说有人给日本鬼子通风报信，就是不知道这人是谁。"国民党军官问来问去，问不出什么有用的东西，转而问道："那你来惠州干什么？在惠州找谁？"张婉华如实照答："我谁也没找，运货物来惠州出售，不信你们可去'东和行''惠丰行'调查。"

审讯没结果，张婉华被关了起来。两天之后，一个看守的对张婉华说，一星期内若无人画押担保，即送看守所收监。黄健生、叶挺英知道了张婉华被捕的消息后，立刻向黄冠芳报告。黄冠芳立即找到胡有，要他持亲笔信找东湖旅店的"罗衡老板"，设法营救张婉华。

卢伟如与廖安祥合计了一番之后，决定先通过马超俊的太太和小姨子，让她们出面与张光琼说情。因为马太太姐妹俩是黄冠芳安排送出来的，她们的行李也是"不夜天"安排人手搬的，她们熟知整个事件的全过程，而且她们今仍住在东湖旅店张光琼家中。因为住在楼上楼下，叶景舟偶尔也会去送些东西，打打麻雀，与马太太及马超俊小姨子都熟悉了。卢伟如通过太太叶景舟，把张婉华被扣押的事对马太太及马超俊小姨子说，并央求她们在张师长面前说个情。马超俊小姨子很仗义，她此前对那个趾高气扬的杨惠敏也看不上眼，想到她平时穿金戴银，一会儿换个翡翠戒指，一会儿又换一钻石项链，特爱炫耀和显摆，原来是窃了胡蝶的东西，又给日本人报信来嫁祸于游击队，心里也很是愤愤不平。她答应一定帮这个忙，并且很自信地表示，张光琼一定会给她和姐姐一个面子，帮成了也当是感谢游击队在患难之时的搭救之恩。

张光琼是对马超俊小姨子有好感，更不愿得罪大名鼎鼎的马超俊及其太太。马超俊是广东台山人，毕业于日本明治大学，早年加入同盟会，后投靠蒋介石发起组织的孙文学会，大得蒋介石的信任，1931年就首次出任南京市市长，后调别地，1937年复任南京市市长。南京是国民党的首都，能在首都当市长的人，谁也可以掂出他的分量。而他张光琼是云南讲武堂毕业，学的是炮兵科专业，并非黄埔嫡系，虽在军旅摸爬滚打20年，到了1939年才提为一八七师师长，驻防惠州。

有机会能为马超俊做件事，真是高攀不着的一道门槛。但令张光琼左右为难的是，他是受杨惠敏之命抓捕张婉华的。[①] 杨惠敏是中统的高级特务，又是蒋介石认下的干女儿，谁知他们之间的密切关系又到了何种程度？相比之下，孰轻孰重？张光琼实在不敢贸然答应。马超俊小姨子对张光琼说，胡蝶的行李是日本人抢的，与张小姐无关，当时我们都在西贡，知道底细，放了她吧。张光琼摇摇头说："扣押张小姐是杨惠敏的意思，与我们无关啊。""怎么与你无关？人是你的人抓的，关在你的地方，要不我就打电话给我姐夫，让他来求求你这份人情？"马超俊小姨子接着说。张光琼苦笑了一下："杨小姐是中统的人，她身份特殊，权力无边，想抓谁就抓谁，我们只是执行任务而已。你换回其他事情要我帮忙，本师座决不挡手，至于释放张小姐，这事此时实在不敢做主。"

卢伟如与廖安祥得知马超俊小姨子和张光琼的谈话之后，分析来分析去，最后一致认为，杨惠敏今在惠州，没有她的同意，张光琼是不会放人的。但谅张光琼也不敢贸然下毒手。因为还碍着马太太姐妹的一份面子在那儿。如今当务之急是先稳住张光琼，既不能让张婉华进看守所受罪，更不能让杨惠敏把她解押到别地。为了营救张婉华，廖安祥四处奔波，还找了一八七师的副师长温淑海，温副师长的太太廖雪梅与廖安祥有点拐弯亲，因为这层关系，开办源吉行时曾得到温副师长的不少关照。温淑海知道张婉华被抓的事，但插不上手，既然是廖安祥的商行客户，他只能如此这般地点拨了一番。廖安祥心领神会，他不但为张师长及马太太她们准备了厚礼，连那些负责看守的官兵都一一打点到位。

---

① 关于胡蝶失窃案，参见廖承志：《胜利大营救》，解放军出版社1999年版，第99页。

　　过了两天，廖安祥又从温淑海处获得了一个重要消息，杨惠敏接到重庆急电，可能要回重庆，估计近日就将离惠赴渝。廖安祥心想，只要杨惠敏一走，事情肯定会出现转机。廖安祥马上把此好消息告知卢伟如，两人商量一番后，决定隆重宴请张光琼，仍让叶景舟叫上马太太姐妹俩一起"攻关"。杨惠敏果然走得很急，当天晚上就匆匆离开了惠州。廖安祥跟得更紧，杨惠敏前脚刚走，他后脚就到把翌日晚宴的请帖送上。酒席设在惠州当时最高级的西湖酒家，廖安祥、卢伟如以源吉行的老板身份做东。开席前，廖安祥举起酒杯说："源吉行有了张师长关照，自开张以来，生意很好，一些股东的亲戚难友也托了张师长关照，安全通过惠州，今天特置村蔬几味，淡酒一壶，一来感谢张师长关照，二来也为张师长的朋友——马超俊太太及其小姨子脱险来惠接风洗尘，我先干为敬。"说完一饮而尽。

　　廖安祥久经商场，阅人无数，特会应酬，他的一番话，张光琼听后很是受用。三杯过后，廖安祥又吩咐帮手送上了翡翠玉、留声机等贵重物品，见者有份，皆大欢喜。酒酣耳热之际，马超俊小姨子坐在张师长身边，又提到了张婉华的事，张光琼知道杨惠敏已离开惠州，便壮着胆子对马超俊小姨子说："既然胡蝶被抢的事与张小姐无关，你当时也在香港，你敢证明吗？"马超俊小姨子抬眼看了下廖安祥后，果断地回答："我当然敢证明！"张光琼用手在马超俊小姨子的大腿上摸了一下，又抬头问廖安祥："你肯担保吗？"廖安祥点点头。张光琼接着说："好，敢担保就好，你们写个字条签上名，万一杨惠敏追究下来，我也好有个交代。"马超俊小姨子一听到杨惠敏这个名字，极其反感，赌气般地撕下一张纸，写了字签上名，递给张光琼批字。张光琼一看，仍犹豫了片刻，但当着那么多人在场，也实在不好反悔，只好下令，马上把关押着的张婉华及阿森放了出来。

　　再说杨惠敏离开惠州之后不久，得知胡蝶已转移到桂林，特地给胡蝶写了一封信，告知她的行李是在东江被"土匪"抢走的，嫌犯已被惠州军警抓获，此案正在审理之中，很快便会水落石出云云。胡蝶自知她是在蓄意栽赃东江游击队，更是气愤难平，回到重庆后即向曾任淞沪警备司令、

国民党中央监察委员的杨虎哭诉。杨虎与胡蝶相识已久，在上海时多有交往，听了她细述的事情经过后，又将此事告知戴笠，并叫胡蝶报案。戴笠介入此案后，毫不拖延，便立即派军统前往湖南株洲抓捕杨惠敏，随后押送到重庆看守所。在审讯的过程中，杨惠敏矢口否认报信偷窃一事，一再指认是东江"土匪"所为，并到处喊冤，骂恩将仇报的胡蝶不得好死，是胡蝶毁了她一生的前程，侮辱了她的清白，杀死了一颗赤诚的爱国之心……

由于杨惠敏拒不承认，案子一直悬着，她也便一直被收押在看守所里，直至1946年3月17日戴笠死后，毛人凤才签字同意将她释放。一桩公案，数年未结，特殊年代，特殊时局，特殊身份，究竟是谁把谁坑了？留待后人考证……

七、营救美军飞行员

第二次世界大战期间，美国把空军部队改组成美国陆军航空兵团，成为了世界上最为庞大的空中武装力量。到1944年全盛时期，拥有人员编制240万，各式飞机8万架，以及分布在世界各地的700余个空军基地。在宋庆龄和爱国华侨的努力下，由陈纳德指挥的美国第十四航空队在桂林成立，这是一支来华参与对日作战的雇佣军。由于第十四航空队的飞机机翼上有飞虎标志，故又称之为飞虎队。作为第十四航空队指挥官兼中国空军参谋长的陈纳德中将，自然知道空战的危险。为保证飞行员的安全，第十四航空队的侦察机、轰炸机、运输机等各种机型的机师手上，均发有一本红册子，上面用中英文写着姓名、职务，及"游击队在哪里""游击队离这有多远"等简短的话语。除此之外，飞行员的身上还缝有一条红布带，布上用中文写着"美国空军，来华助战，仰我军民，一体救护"16个字，以便在对日作战中遇险跳伞时，能得到中国军民的及时帮助。

1944年2月11日，美军第十四航空队敦纳尔·克尔中尉，率领20架战斗机从桂林起飞，护卫 12 架轰炸机袭击九龙日军的启德机场。在香港上空与日军激战，克尔中尉的座机不幸中弹起火，被迫弃机跳伞。启德机场的日军像饿狼一样盯着上空，准备捕获。当降落伞随着一阵南风缓缓向机场北面的观音山飘去时，日军立即组织上千人的搜捕兵力向观音山扑去。港九独立大队的交通员李石，年仅 14 岁，看到刚刚落地的克尔中尉，立即把他带到芙蓉别村的一个山坳里隐藏，然后立即回村向游击队报告。

李兆华是港九独立大队负责民运工作的一名女队员，只有 20 来岁，接到李石的报告后，一时在村里找不到别的游击队员。此时远处不断传来"砰砰"的枪声，在山上割草的哑巴邱大娘飞快地向她跑来，一边喔喔地叫着，一边神情紧张地比划着，李兆华从她的手势中明白日本鬼子正在向山坳上搜索过来。情急之下，她当机立断找来村民邱葵，要他帮忙立即将克尔中尉，转移到吊草岩山坳中隐蔽起来，她则回黄竹山村找游击队设法营救。傍晚时分，得到消息称日军出动了 1000 多人，在新界、西贡的一带进行撒网式的围捕和搜山，黄竹山村附近的壕涌、北围、大围村都驻满了搜捕的日军。

李兆华心想，如今想把克尔中尉带到游击队已不太可能，当务之急是先把他隐藏起来，之后再来想办法营救。主意拿定之后，她带上特地为克尔中尉准备的糯米糍粑，连夜来到山中，带着克尔中尉转移隐藏地点。在来的路上李兆华就老是想，把克尔中尉藏在哪儿最为安全。她想来想去，觉得把他藏在日军据点附近的北围村山窝里最为稳妥。一是北围村白天刚被搜过，敌人不可能再去重搜；二是离日军据点近，不易引起敌人的注意。李兆华由于平时搞民运工作，常常摸黑走村串户，对这一带地形非常熟悉，只用了一个多小时，就把克尔中尉转移到北围村背的山窝里。第二天日军果然把黄竹山村和吊草岩搜了个遍，却没发现克尔中尉的踪影，接着便向西贡、沙角尾、大网仔一带搜捕过去。

天亮后，李兆华装扮成一个上山割草的村妇，带着给中尉的食物。见到克尔中尉时，中尉从口袋里掏出一个 64 开大的本子，上面印满密密麻麻的各种文字，他指着一行中文"游击队在哪里"，又指另一行"游击队离这有多远"。李兆华不会说英语，无法与他交谈，只好用手势告诉克尔中尉："不用焦急，耐心等待，我们游击队一定会尽快想法营救你。"

克尔中尉（左一）与曾生（左二）

日军搜不出美军飞行员，除了在地面上增加了兵力，还出动了飞机进行侦察。在九龙新界，又把老百姓集中起来讯问、训话，要大家提供线索，举报飞行员的行踪。知情不报者，格杀勿论！看到日军不抓到飞行员绝不罢休的势头，港九独立大队只好采取"调虎离山"的行动，当晚派刘黑仔带领手枪队潜入启德机场，炸飞机、炸油库、袭据点、贴标语、剪电线，这一招果然灵验，日军担心机场受到袭击，不得不将搜捕飞行员的部分兵力撤回，加强启德机场防守。

一个星期之后，搜捕的敌人还未全部撤走，但情况已缓解了许多。李兆华找到了刘黑仔队长，刘黑仔决定马上派人护送克尔中尉去港九独立大队部。克尔中尉脱险后经由东纵司令部派人送往桂林，到了桂林后还特地来信，说游击队为了救他，想尽了各种办法，动用了各种力量，要特别感谢蔡国梁、黄冠芳、刘黑仔和李兆华以及那个小交通员。他甚至说以后要写本书，专门记述这次遇难和脱险的整个过程，永远铭记游击队的救命之恩。

同是这一年的春天，根据港九大队提供的准确情报，第十四航空队再次出动飞机，对港岛日寇的军事目标实施了轰炸。此前，因盟军没有港九游击队配合，很难给日军以精准的打击，甚至还常出现误炸的情况。最严重的一次误炸，是在红磡一所正在上课的小学，200多师生无一幸免，而在轰炸金钟道的日本海军船坞时，又误炸了湾仔的商业区和住宅区，自从有了港九独立大队的密切配合，这种误炸的事件不再发生。为了获得敌方的准确情报，游击队员冒着生命危险，潜入敌营，把日军的据点、船坞、炮台、油库、武器库等重要目标，详细地绘图提供给盟军，使日军防不胜防，军事目标常常遭到袭击。

这次轰炸的是九龙的日本海军船坞。在轰炸时飞机遭到日军炮火的猛烈射击，一架美国飞机不幸中弹起火，飞行员被迫跳伞，正在海上活动的武工队员即刻赶去营救，在附近海面打渔的两位渔民也开着小渔船赶去帮忙。4个人齐心合力把跳伞的飞行员救到船上。此时的日军两艘巡逻船快速地向渔船这边开过来，老渔民把渔网、破被往飞行员身上一盖，扯起大帆，摇橹划桨快速向南澳方向驶去，南澳那里有海上游击队的武装船，两位游击队员则把手榴弹、鱼炮等都放在船头，准备待日军靠近检查时，与之拼杀。

当时海上的船只很多，日军巡逻艇一边鸣枪，一边喝令所有船只停驶接受搜查。正在这紧急时刻，忽从右边闪出两艘扯帆大木船，原来是海上游击队的武装船前来接应。中队长欧锋命令黄康、王锦等保护渔船，他与罗雨中及小陈等人在另一条船负责阻击敌人。大家一边做好战斗的准备，一边向海岸驶去，当狡猾的日军快要追上来的时候，发现是游击队的武装船，他们早已领教过武装船的伏击，不敢贸然靠前，只好掉头快速驶回据点。

日军的巡逻艇开走之后，欧锋、黄康和王锦爬上渔船，藏在舱底的飞行员仍不敢出来。罗雨中用英语对他说，我们是抗日游击队，是共产党领导的武装队伍，我们是来救你的，还要护送你回桂林。渔民把盖在飞行员身上的渔网和被子拉开，飞行员突然跪在船板上，双手把手枪递给游击队，然后半信半疑地问："你们真的是打日军的游击队？"罗雨中又对他说："真的，不骗你，我们的中队长、指挥员都来了。"飞行员这才站起来，向游击队员以及渔民父子一一道谢。

这个飞行员叫伊根，是一个中尉，游击队把伊根中尉送到南澳海上队的营地，战士们专门腾出了一个房间，打扫干净后铺上木板，再铺上厚厚的稻草，加上毡子床单，还叫事务长买来了鸡、鸡蛋、西红柿、土豆和油黏米做出杂烩西餐，欧锋、黄康等陪他一起进餐。伊根一边吃饭，一边好奇地询问了好些游击队的情况，并要求第二天要去参观游击队的营地和训练场所。欧锋答应了他的全部要求，伊根中尉在南澳营地休息了两天，第三天早上欧锋才安排专人护送到司令部，由东纵司令部再派人送他前往桂林。

1944 年 5 月 26 日，陈纳德的第十四航空队两架飞机，7 时从桂林起飞，9 时飞抵大亚湾辣甲岛上空，一发现日军潜水艇和多艘运输船，便开始低飞轰炸，敌舰一半被炸坏，一半被炸沉。在激烈的战斗中，轰炸机也被敌人的机枪射中，飞机被迫降落。海上游击队立即出动，在大亚湾海面救起了 5 位美国飞机师，其中有两位受伤，海上游击队把他们安置在队部营房里，找医生给伤者医治，直至伤愈后才由游击队护送转返韶关到桂林。

这 5 位获救的美军飞行员分别是中尉指挥员威廉·列夫柯、中尉驾驶员小佐治·拉维里尔、驾驶员丹尼士·康利、技士亨利·爱利斯以及通讯员兼炮手罗拔·石克。5 位获救飞机师回到桂林后，联名给东江纵队写来感谢信。1944 年 6 月 11 日的《前进报》第 62 期登出了这封信，信是这样写的：

我们五个美国飞行员，由衷地向你们救了我们生命的英勇而大无畏的游击队健儿们致谢，单单说一句致谢，比起我们应当要给你们——我们的中国同盟者和友人——的报答真是太渺小了。

我们最大的祈望和愿望，是在不久的将来，看到全中国的英勇人民都联合成一支大军——和美国及其盟国共同把敌人赶出整个中国领土去的这样一支大军——它的大无畏的战士，将使中国变成伟大强国并使这个国家永远强盛的这样一支大军。

我们美国人也曾从历史记载中读到了并研究过那些坚强的军队，但是在全部历史中和在全部我们的学问中，却从来不曾知道过有像你们游击队这样英勇的军队。终有一天，全世界都将传颂你们伟大的工作——而我们对于你们所做过了的和正在做着的工作，仅只知道得一点的，却认为能够向你们致敬，能够称你们为兄弟，是我们的光荣和特有的权利！①

1944 年，美国的《美亚杂志》登出了一篇美国人写的文章，标题是《东江纵队与盟军在太平洋的战略》。同年的 9 月 11 日，延安的《解放日报》翻译并转载全文。文中写道：

东江游击队甚少为人所知，这支游击队原先在广州与香港之间作战，现在名为广东人民抗日游击军团，以宝安、东莞及东江地区为根据地，他们自 1938 年广州沦陷以来的功绩，值得比已经给予他们的表扬更大的表扬。香港沦陷后，逃到大后方来的中国人与英美人士，应感谢这些游击队们，因他们曾引导这些人经过他们控制下的道路安全到达大后方，但"被占领的"华南形势，对很多美国人还是一个谜。正因为这些游击队必然对于盟军将来在华南沿海作战具有极大重要性；纵使关于他们的情形是中国不能解决国内团结最重要的问题令人沮丧的证明，然而使他们更清楚地知道关于他们的主要事实，似乎是很需要的……②

据不完全统计，在整个香港沦陷期间，东江抗日游击队共营救出国际友人100 多人。其中官兵有英国人20 名，美国人8 人，印度人54 名，丹麦人3 名，挪威人2 名，俄国人1 名，菲律宾人1 名，合计89 名。③

秘密营救港九国际友人的行动，涉及面广，持续时间较长，为了保证

---

① 廖承志：《胜利大营救》，解放军出版社 1999 年版，第 352 页。
② 廖承志：《胜利大营救》，解放军出版社 1999 年版，第 381 页。
③ 廖承志：《胜利大营救》，解放军出版社 1999 年版，第 377 页。

港九地下党组织的正常活动和港九游击队的发展壮大，中共组织非但没有公开披露，甚至对被营救出来的国际友人还一再嘱咐，不谈脱险经过。驻港日军对战俘的不断逃跑十分气愤，他们自知此事与共产党的游击队关系密切，却又无可奈何，除了不时地组织兵力"扫荡"之外，再也没有其他办法。更让日军头疼的是在香港日占时期，盟军轰炸的军事目标越来越精准，甚至连日军刚刚建立的物资仓库和秘密转移到新地方的军用物资，也很快被盟军掌握，一炸一个准。这些情报是谁提供出去的？日军一直以为是英美的间谍。抗日战争胜利之后，为反对国民党进攻"围剿"东江纵队，用铁的事实驳斥张发奎的"广东无共产党的抗日力量，只有小股土匪"的谬论，共产党才首次把这些重要的历史事实公之于世。

第七章　永不忘却的记忆

万物本乎天，人本乎祖，共产党人对马列主义的坚定信念早已超越了人类的原始信仰。无论是站着还是躺下，只要一息尚存，就要为革命的事业战斗到最后一刻。顽强的斗志，不屈的精神，一同载入民族记忆的光辉史册。

一、廖承志在狱中

就在秘密大营救工作接近尾声的时候，廖承志被捕了，他的被捕不是因为自己的疏忽，也不是因为特务的跟踪，而是因为出了叛徒。这个叛徒不是一般的地下交通员，而是掌握着中共南委核心机密的原组织部部长——郭潜。

郭潜叛变后，首先带特务捣毁了位处韶关的粤北省委。接着，为了邀功请赏，他又千方百计地想法诱捕廖承志。1942 年 5 月 28 日晨，郭潜译出了南委要他撤退的密电，发电时间已过去了四五天，中统特务觉得为时过晚，但郭潜却认为抓捕仍有希望。他亲笔写了一封信，谎称是上级指示，要廖承志立即前去桂林，商量转移疏散最后一批文化人士的工作，试图把他骗出予以逮捕。为了不让廖承志看出破绽，

抗战时期的廖承志

特务头目庄祖方不让郭潜出面，而是自己冒充地下交通员前往。5月30日，庄祖方带着郭潜的亲笔信和1万元现金，驱车来到乐昌坪石镇，找到了廖承志的住所，并以南委交通员的身份，与廖承志接上了头。

庄祖方曾是党的地下交通员，谙熟中共地下组织的接头规定和暗语，廖承志虽然一时没有看出破绽，但还是有所警觉。于是，他便借口已约好与朋友在韶关见面，没有答应与他们一起前往。庄祖方怕廖承志有所察觉，便一再催促，廖承志仍说自己还有其他事情急着要办，眼下确实不能随车出发，并说待把手头的事情处理完毕，即赴桂林会面。此时的庄祖方见诱捕不成，立即露出了特务的本来面目，马上招呼随从，强行将廖承志挟持上了停在门外的汽车。一上汽车，便有个肥胖的特务，阴阳怪气地自我介绍："鄙人姓范，范尚之，是蒋委员长要请你。"廖承志至此被捕。

面对突然的变故，廖承志表现得非常冷静，他在与特务的对话中，判断出这伙特务来自江西，这是一次有计划、有预谋的大行动，是冲着南委、粤北省委和东江地方党组织而来的。因为是国共合作期间，国民党的特务不便公开行动，只能在秘密中进行，既要达到摧毁中共党组织的目的，又不能让外人识破他们的阴谋，这也是蒋介石一贯玩弄的两面派手法。香港和内地不同的是，香港是沦陷区，韶关是国统区，后者是国民党的地盘，中统、军统特务多如牛毛，表面上的国共合作形势，也容易让一些共产党人放松了警惕，产生了麻痹思想。

廖承志在韶关被关了几天，又被押送江西，关进了马家洲的集中营。此处明明是个迫害共产党人和进步人士的特种监狱，对外却挂着一个好听的牌子——"江西省青年留训所"。

廖承志被捕时，当时仍在韶关的乔冠华全然不知，这个时候他正在集中全部精力，放在安排民主人士和文化人士的转移工作上。当他得知何香凝及经普椿到达韶关之后，实在放心不下，又专门去曲江郊外看望了何香凝和经普椿。乔冠华知道廖承志忙于工作，自香港分别后的近半年，一直无暇顾及母亲和妻子，甚至连经普椿在兴宁生下他们的儿子，廖承志也不知道。他以为廖承志早已抵达重庆，根本没想到廖承志被抓回了韶关，随后又被转移去了江西。

乔冠华从何香凝的住处回来不久，风闻廖承志被捕，十分震惊。乔冠华向老同学赵一肩打听，赵一肩只说有所耳闻，不知是真是假，只是叮嘱乔冠华要特别谨慎，最好是尽快离开韶关。但在当时，一大批文化人士还须乔冠华安排接应，确实无法走开，再说立即离开韶关不更有可能露出马脚暴露身份？考虑再三，他还是决定暂时留在韶关。南委形势的急剧恶化，引起了中共中央和南方局的高度重视。6月8日，周恩来获悉廖承志被捕后，致电南委书记方方：

（一）南委同江西、粤北党组织断绝一切往来，负责同志立即分散隐蔽；（二）南委同廖承志和从香港归来的一切公开关系完全断绝；（三）为免波及，停止派人往桂林取款；（四）立即斩断一切上层的公开关系；（五）南委直接管辖的下级党组织暂停止活动；（六）立即停止同江西电台的联络。①

同日，南方局发出《对南委行动的指示》，指示中要求南委与江西、粤北断绝一切联系，方方立即撤退隐蔽，南委领导机关解散，已暴露身份的干部也一并撤离或疏散，暂时停止一切组织活动。

8月，周恩来再次致电尹林平，明确指示"南方"工作除在敌占区、游击区照常活动之外，国民党统治区的党组织一律停止活动，已暴露的党员全部转移，没暴露身份的利用职业隐蔽，执行勤学、勤业、勤交友的方针，并要尹林平迅速传达到所属的党组织。

由于南委的电台遭到特务的破坏，方方无法接到南方局先后发来的紧

---

① 中共中央文献研究室：《周恩来年谱（1898—1949）》（修订本），中央文献出版社1998年版，第546页。

急电报。因为当时采取的是分散隐蔽行动、单线联络，方方此时无法预料形势突然变得如此严峻。

1942 年 9 月 21 日，方方在大埔被土匪绑架。

不久后的一天，乔冠华的同学赵一肩，突然来到他的住处，并对他说："廖承志确实已经被捕，现在形势对你非常不利，军统奉老蒋之命，已给余汉谋发来电报，要他立即逮捕你，好在这个机要员是我推荐的老乡，并且知道你与我的关系。这个译电，我已经将它暂时压下了。"[①] 鉴于突发的险恶情况，加上韶关的接待和疏散工作业已完成，乔冠华便立即离开韶关，赶往重庆向周恩来报告！

看守廖承志的是一个山东籍的小伙子，叫姚宝山。廖承志从他口中获知了张文彬、涂振农也关在这一集中营。他做了不少姚宝山的思想工作，姚宝山受到感化，不但悄悄地为廖承志几人传递消息，甚至愿意为廖承志外出送信，并计划奔赴延安参加革命。

1942 年秋天，姚宝山从马家洲集中营逃出，冒着生命危险先奔广东找连贯、乔冠华。未果，几经周折找到了何香凝，送上了廖承志在狱中写的信件。

何香凝、经普椿是在廖承志被捕两个月之后，才从连贯口中得知确切消息。然而她们四处打听，却始终不知道廖承志关押何处，无奈之下，救子心切的何香凝准备亲赴重庆，找蒋介石要人。蒋介石得知何香凝要来重庆，当即派人把她挡在桂林，并送上 10 万元支票，把她安排在桂林城郊的观音山麓住下。何香凝一气之下，顺手在支票的背后写下"画幅岁寒图易米，不用人间造孽钱"，交来人带回给蒋介石。

几天后的一个夜晚，一个自称从江西泰和来的人，找到何香凝的住所，声称有急事要面告何太太。经普椿一听这人山东口音，不像是江西泰和人，便把他拒之门外。来人急了，赶忙说道："我受廖承志先生嘱托特意前来送信的，我叫姚宝山，原来是廖先生的看守。在他的教育下，我决心奔赴延安

---

① 茆贵鸣：《乔冠华传：从清华才子到外交部长》，江苏文艺出版社 2007 年版，第 204—205 页。

参加革命，我从集中营逃出来先找到了连贯先生，今天终于找到了你们。"

经普椿打开信一看，果然是廖承志的笔迹：

妈妈，椿：

我现在江西泰和附近马家洲名叫青年训练所的集中营中。生活没问题，只是他们逼迫我投降，是可忍孰不可忍？倘必要时唯有宁死不辱而已，希告各友放心。

我的事情能设法则设法，否则不必过于勉强。只希望你们保重身体，不幸时勿再以我为念！

新生的孩子倘健在可名为继英，取继续英勇事业的意思。

椿：你必须好好地抚养孩子们。另外广东的现状已一团糟，以后任何人冒我的名来找你都是假的，希注意——除了有我的亲笔迹。狱中无事咏几首，以备临事转呈。

肥仔①

廖承志于狱中写给周恩来的信，经姚宝山千里跋涉也最终转到了周恩来的手中：

渝胡公：

我于五月卅日被捕，现在太（泰）和附近的所谓青年训练所中。其中一切纸上难述。希望你相信小廖到死没有辱没光荣的传统！

其余，倘有机会，可面陈，无此机会，也就算了，就此和你们握手。

中国共产党万岁！

志

九月廿八日②

① 廖承志文集、传记编辑办公室：《廖承志文集》（下卷），人民出版社1990年版，第720页。

② 廖承志：《胜利大营救》，解放军出版社1999年版，第4页。

廖承志托姚宝山送出信件之后，他已经做好了随时为革命牺牲的准备。所幸的是，在各方努力下，廖承志并未在狱中遇害，并最终通过国共的重庆谈判，于1946年年初被释放出狱。

二、张文彬的临终嘱托

张文彬

张文彬是整个大营救工作的主要组织策划者之一。1937年，卢沟桥事变后，张文彬奉党中央之命奔赴广东，10月，他在香港召开会议，整顿南临委。1938年4月，中共广东省委成立，张文彬当选书记。在他的领导下，不到两个月，就先后建立了中山中心县委、东莞中心县委以及南雄、惠阳等地的中心支部。到10月间，广州、香港的党员人数增至2500人，惠、潮、梅地区2000余人，琼崖地区5000人。

在组织恢复和发展广东党组织的同时，张文彬极为重视广东的武装斗争。1939年春，他就向中央请调一批军事干部，参与东江抗日游击队的指挥工作，并建立游击队与延安直接联系的电台。

1940年6月，根据中共中央指示，广东省委分为粤北省委和粤南省委后，张文彬担任中共粤北省委书记。同年10月成立中共南方工作委员会（简称南委），张文彬调任南委副书记，直属南方局周恩来的领导。太平洋战争爆发后，为执行中共中央、南方局的指示，他与廖承志等一起全力以赴，把滞留在港的数百名爱国民主人士和文化人士，成功抢救出来。然而，就在大营救工作即将结束之时，他与廖承志等重要领导人却相继落入敌手，成为国民党中统的"囚犯"。

1942年5月下旬，张文彬得悉江西省委遭到破坏的消息后，立即与南委书记方方一起，部署南委机关向福建和东江分头转移的工作。但不幸的是，就在张文彬一行向东江转移，途经大埔高陂镇时，叛徒郭潜带着大批中统特务，在此团团围住了他们，同时被捕的还有南委宣传部部长涂振农（后叛变）等人。

张文彬被捕后，于6月26日，被押送至江西泰和县国民党马家洲集中营囚禁。入狱后，敌人百般利诱，硬软兼施。起先要他转变立场，脱离共产党，并说出他掌握的广东地方党组织的负责人姓名、住址、联系人等，即可为其保密并予以释放，还许以高官厚禄。面对特务的一次次审讯、诱逼，张文彬一概严词拒绝，并大义凛然地说："宁可坐牢而死，绝不跪着爬出去！"特务眼见阴谋无法得逞，便加重了对张文彬的残酷折磨。

在长期艰苦的革命斗争中，张文彬早已患有肺病，在狱中无医无药，病情日益严重。关在隔壁牢房的廖承志，一次次向特务提出严正抗议，要他们停止迫害张文彬，要求给张文彬治病，特务都置之不理。当廖承志提出再不让他与张文彬见面，他就开始绝食时，特务们深知这个廖公子的家世背景，怕廖承志绝食而死担责不起，经请示同意才安排廖承志与张文彬见面，这也是廖承志与张文彬的最后一次见面。此时的张文彬已极度虚弱，他躺在潮湿的地板上，蓬松的头发和浓密的胡须罩着一张苍白的脸，看到一起并肩战斗的老战友时，仍激动不已。他艰难地从地上爬起来，拉着廖承志的手，一字一句地说："我现在身体不行了，不能继续为党工作了，心里感到很难过。我一生为党工作，坚信马列主义、坚信党，现在生命快到尽头，但我死而无憾。将来你出去时，请你将我在狱中的表现转告给党中央、毛主席。"

早在张文彬担任毛泽东的秘书期间，海伦·斯诺曾在延安采访过他。张文彬给她留下了极深的印象："他（张文彬）对我格外热情，乐于同我谈话，他当时二十六岁，相貌英俊，性格开朗、诱人，具有一种我无法解释的品德。后来，当他告诉我他参加过基督教青年会，他的第一个抱负是要成为中国的马丁·路德时，我才恍然大悟，终于意识到这种品德就是所谓'基督兄弟情'！怪不得在他身上表现出一种不寻常的热情和人道主义。

后来，当我得知他是西安秘密情报工作的负责人时，我从来没有那样吃惊过！他是秘密政治安全局（俄国人叫'国家政治保安总局'）的成员……后来，他在广东被蒋介石的警察逮捕，关进监狱。一九四四年，未经审讯就被杀害了……我曾经想以他的生平为基础，写一部关于中国的历史小说，可是至今也没有写出来。他的生平经历，是我搜集到所有传记材料中最有趣的一个。"①

1944年8月26日，张文彬带着对革命事业的无限眷恋，离开了人世。狱中人员在检查张文彬的遗物时，发现他生前留下的一封题为"我誓死不能转变"的信，信中说："宁为玉碎，不为瓦全。我现已有47岁了（实际年龄应是34岁），又犯（患）了严重的肺病，生的时期（间）不多，吃苦也快到尽头，因而更是誓（视）死而（如）归，乐于就义，愿为江西人，尤其为整个中华民族的革命儿女留些正气吧！"这位来自毛泽东身边的神秘人物，这位能激发美籍作家创作历史小说灵感的人物，这位从信仰耶稣转而坚信马列主义的共产主义战士，最终英勇牺牲在国民党的监狱当中。

胡绳在大营救的回忆录中，曾有一段对张文彬的深情回忆："他是党的南委副书记，那年他才32岁，但已有十几年在红军和地下党中做领导工作的经验。我到东江游击队后初认识他，还不了解他的经历。从和他接触中，我看到这是一位很平易近人、而又能负重任的领导人，他考虑问题极为周到，善于吸收各种好的意见，果断、有毅力。"②

三、连贯与"梅州大侠"

八路军驻港办事处组建之初，核心人物只有3位：廖承志、潘汉年、连贯。作为八路军驻港办事处的副主任，潘汉年的主要精力是放在情报工

---

① ［美］海伦·斯诺著，安危译：《延安采访录》，贵州人民出版社1989年版，第14页。

② 廖承志：《胜利大营救》，解放军出版社1999年版，第287页。

作上。办事处成立不久，党中央就发来指示，要潘汉年以中央社会部副部长的身份，迅速组建华南情报局。廖承志深知这是党中央的重大决策，且潘汉年在情报领域有丰富的工作经验，在廖承志的全力支持下，不久就在香港组成了有陈曼云、梅黎、高志昂等情报人员的工作班子，后来又派来刘少文协助潘汉年开展情报工作。连贯作为香港办事处从始至终的核心人员之一，从 1938 年春始，至 1942 年元旦前的 4

连贯

年时间里，一直负责着八路军驻港办事处的日常工作。他的公开身份是廖承志的秘书，实际还担任了办事处的支部书记和华侨工委书记。

连贯 1906 年出生在广东大埔县枫朗镇王兰村，先后在大埔中学和梅县中学读书。1925 年在双坑明德学校教书，时值革命军第二次东征，连贯受孙中山三民主义思想的影响加入中国国民党，1926 年在广州，经蓝裕业介绍加入中国共产党。四一二反革命政变后，连贯利用同乡会的关系，营救出一大批中共党员和进步青年，自己却在白色恐怖中被迫逃亡越南，在西贡广肇侨校教书。1932 年回到广州，在中山图书馆工作。1936 年，被党组织派往香港担任全国各界救国联合会华南区总部秘书、党组书记，后任南委委员、港九工委委员，负责南方统战和侨务工作。

太平洋战争爆发之后，香港八路军办事处的主要工作，从募捐抗日物资、开展抗日宣传、扩大统一战线，转为全力执行党中央的指示，开展秘密大营救行动。连贯作为这次大营救的主要组织者和指挥者之一，全力协助廖承志，从始至终忘我地工作。直到廖承志、张文彬被捕之后，他仍然坐镇老隆，与乔冠华保持单线联络，冒着生命危险，坚持把滞留在东江地区的最后一批文化人士安全送出广东。

比廖承志还要早两年来到香港的连贯，因家乡大埔县是著名的侨乡，寓居香港和南洋的梅籍华侨华人很多，他充分利用这些同乡会的人脉关系，很快打开了统战和侨务工作的局面；并且为募捐抗日物资，筹措党组织的活动经费，以及八路军驻港办事处的筹建工作，打下了坚实的基础。

粤华公司成立之后，连贯担任"经理"。随着港澳地区的抗日救亡运动不断掀起高潮，粤华公司很快引起了日本特务和汪伪分子的不满，他们不断地对港英当局施加压力，要求予以干预和制止。1939年3月11日早晨，港英警署出动一队侦探。在日本特务多次举报粤华公司是中共的八路军办事处、在香港专搞抗日活动、必须立即查封的时候，港英政府为了取悦日方，竟对粤华公司开展突袭搜查，查封了皇后大道中的粤华公司。粤华公司本来是经过合法注册成立的公司，查封要有法律依据，港英当局为了维护自己的在华利益，按照所谓的"东方慕尼黑"的协约，不惜牺牲中国的主权，不顾法律条文。

港英侦探来到公司后，廖承志、连贯等均不在此。公司一职员见状，借上厕所之机迅速逃出，坐船来到深水埗向连贯报告。连贯得信后，赶快将机密文件处理烧毁。侦探在公司未见到连贯，又直扑连贯家中，把连贯抓到了侦探部，一齐被抓的还有办事处的其他几位成员；并搜去了办事处与南洋各地的通讯联络名单和地址，同时被抄走的，还有将要发往延安抗日军政大学的学生登记表等重要材料。

何香凝、廖承志获悉后，即电告周恩来，并照会港英当局。连贯在拘留审查期间，理直气壮地承认做过抗日之事，并对看管他的华人侦探说：

廖安祥

"你也是中国人，为什么不帮忙，反而做危害抗日之事……"这位侦探说："我没办法，要吃饭啊。"连贯见机行事，不遗余力地对他进行思想工作，两人关系越谈越拉近，短短几天，不但得到了这位华人侦探的许多生活上照顾，还从他那儿了解到了粤华公司被查封后的不少情况。

经过何香凝、廖承志的多方努力，3月15日，港英当局释放了连贯等5人，并归还了搜去的相关文件资料。经过这次事件，廖承志决定撤销粤华公司，采取化整为零的方式进行联络。此后办事处真正的办公地址，设在铜锣湾利舞台戏院附近耀华街一幢两层的楼房内，刘少文负责同中央联系的电台也设在里边，一般的办事人员都不来此集中，也不知道有此地方，只有廖承志、连贯、潘汉年等少数几个人知道。由于没有了集中的办公条件，连贯的工作量增加了不少，此时的廖安祥成为了他的得力助手。

廖安祥是连贯的梅州老乡，他十多岁来香港打拼，从一个打工仔奋斗成一个小老板。他不单单是位精明的商人，更是一位优秀的地下工作者。八路军驻港办事处成立之初，连贯把他推荐给廖承志做交通员。他与梁上苑不仅承担起办事处的情报接送和传达，还要负责与各地交通员的联络和接待工作。无论是从南洋各地来港，需要送往延安抗日军政大学的进步青年，还是从内地辗转来港的民主人士和文化名流，大都是由他们负责安排接送。尤其值得一提的是，早在香港沦陷前，廖安祥就办起了"香港东利运输公司"，并把办事机构和分行设在了淡水、惠州和老隆，这些网点很快覆盖了整个东江地区。

对于经商贸易，廖安祥确是一把好手，他委托商家收购山货，运出桐油、茶叶、猪鬃、黄麻等土产，运进棉纱、布匹、西药、汽配产品，这一进一出，利润十分可观。香港东利运输公司只经营了两年多时间，单是廖安祥的股红就分得了4万元，这在当时可不是一个小数目，若按当年币值可在九龙深水埗买下几幢楼房。东利运输公司因日寇入侵而停业，公司关闭后，廖安祥将所得红利全部交给了党组织，连贯马上安排地下党员谢一超购来了两艘机帆船。这两艘机帆船在大营救工作发挥出巨大作用。停靠在避风塘的海上交通站是这两条船，护送何香凝、柳亚子他们离港的也是这两条船。直到7年之后，也即是1949年10月，赴京参加中华人民共和国庆典的柳亚子，才知道送他脱险的船主原是廖安祥。身为诗人的柳亚子，特地为此赋诗一首，在诗中称他为"梅州大侠"。诗云：

柳车复壁无穷意，今日方知东道人。

谢客负才嗟不禄，钟郎交臂失由旬。

沉机大海恩情重，索句新都感慨频。

惭愧千金悭报德，王孙漂母异殷勤。

太平洋事变，香港沦陷，余杜门待尽。有谢生者言，奉廖承志、连贯两同志命，救余与廖夫人出险。盖以帆船偷渡九龙半岛，而达海丰之梅陇新村。当时未知船主实梅州大侠安祥先生也……

1949 年 5 月吴江柳亚子并跋①

在香港部署营救爱国民主人士和文化人的时间里，廖承志、张文彬、尹林平、刘少文等都在按照分工忙得没日没夜，连贯更是忙得不可开交。他根据廖承志的指示，提前介入做了大量大营救的前期工作。直到他们离港的前一天晚上，廖承志叫他回去与家人告别时，他才想起已一个多月没回家了，此时也不知家在何处。匆匆地走了一圈，无处找寻妻儿的踪影。第二天坐船过海，来到东江游击区后，连贯同廖承志、乔冠华一行，从坪山到惠阳茶园，从茶园至惠州再到老隆，一路上都在传达中央指示和检查布置秘密交通站的工作。直至到了老隆，才按照各自分工去分别行动：廖承志去桂林赴重庆，乔冠华去韶关，连贯驻点老隆，负责惠州到老隆、老隆至韶关、老隆至兴梅转闽赣一带的中转分流和护送工作。

在惠州考察接待站时候，廖承志考虑到卢伟如从未做过生意，要连贯设法通知廖安祥，马上来惠开店协助卢伟如开展工作。廖安祥接到通知，赶到老隆见到连贯时，连贯把大概情况一说，要他立即回去梅县老家一趟，尽快把在惠州开办源吉行的事情落实。在惠州开店为何要赶去梅县？这是有缘由的。原来惠州驻军一八七师副师长温淑海，是惠阳镇隆客家人，他的老婆廖雪梅是梅县人，与廖安祥还是族亲叔侄辈，连贯要他回去正是想

---

① 政协广东省梅州市委员会：《廖安祥纪念文集》，内部出版物，1999 年，第 201 页。

- 154 -

疏通这层关系。廖安祥回到老家之后，立即找到廖雪梅的父亲廖蔼真，廖蔼真也是当地的乡绅，为人仗义豪爽。廖安祥对廖蔼真说，香港沦陷后，生意全毁了，他想去惠州开商号，但情况不熟，请廖蔼真写张纸条，介绍拜会认识下温师长，日后图个关照。廖蔼真听后，二话没说，铺纸握笔立即写下："淑海贤婿，有个安祥叔，要去惠州做生意，他对惠州情况不熟，碰到困难你要为他解决。"拿到这封介绍信，廖安祥带着帮手廖吉来到惠州，因为有温师长的这层关系，源吉行很快就开张了。廖安祥为经理，卢伟如为副经理，廖吉负责店堂业务。"生意"也做得风风火火，一方面能密切配合东湖旅店的秘密接待和中转"来客"，另一方面又能为接待文化人士筹得一笔费用，可谓一举两得。加上淡水至惠州一带还是温淑海所辖的部队驻防，更是方便了该段的安全转移工作。

再说连贯的家人，自香港失散之后，他的妻子韩雪明抱着一个襁褓中的婴儿，带着两个小孩，混在逃难疏散的人群中，逃出了香港，终于在1942年春节来到了惠州。此时的她举目无亲、身无分文，带着的一点盘缠在路上早已被悉数抢走。走投无路的她好不容易找到了卢伟如，自称是连贯的亲戚，要搭船去老隆。但卢伟如不认识韩雪明，也未听连贯说过此事，一时不敢相信这个衣衫褴褛、拖家带小的妇女，就是连贯的妻子。加上他此时又没有多余的通行证，一时之间犹豫不决。韩雪明带着哭腔哀求，同船的文化人看她愁眉善目，想必也是陷入困境的难民，最后还是让她上了船。茅盾的夫人孔德沚，看见孩子饿得哇哇哭叫，着实可怜，还拿出些干粮给他们吃。

客船在老隆上岸后，当地接应的地下党带着卢伟如一行走向义孚行，韩雪明带着小孩也一直跟着他们走，到了义孚行门口，连贯正在那里恭候大家，那俩小孩突然扑向连贯，连声呼叫着"爸爸！爸爸！"。这时卢伟如他们才知道，这4人确是连贯的妻子、孩子。都说男人有泪不轻弹，此时的连贯却再也忍不住流出眼泪，他抱着孩子哽咽地说："你们是怎么逃出来的？都怪爸爸太忙，没有照顾好你们，让你们受苦了。"此时不单是连贯，在场的卢伟如、张友渔、茅盾等人都感动得泪流满面。

老婆孩子来到老隆，连贯也没时间去照顾她们。此时他着急要办的事情太多太多。待联系到车辆送走了茅盾他们之后，他匆匆地把老婆小孩送回大埔老家，随即又回来老隆。不久闻悉最小的孩子由于在途中受风受寒，病重夭折了，连贯也没法回去，只是默默地又一次流下了眼泪。后来邹韬奋转至江头避难时，连贯干脆把妻儿送到陈启昌家中，协助陈卓民照料陪伴邹韬奋。他救出了一批批民主人士和文化人士，唯一没有安全救出的，却是自己的老婆和孩子。为了任务、为了工作，他没有怨悔，只是心痛——心痛那个刚来到这个世界才几个月，还没有让父亲好好抱一抱、亲一亲的婴儿就这么夭折了，更心痛儿子一来到人间就遭受了这么多的磨难和苦楚。

在接下来的几个月时间里，他一直以老隆为中心，辗转在惠州、兴宁和韶关各地，把一批批的文化人迎来送往。无论安排文化人去韶关，还是去闽南，都经他亲自布置安排，从无闪失。即使是遭到国民党特务严密跟踪的邹韬奋和柳亚子，也在他的周密安排之下，一再转移，几度搬迁，躲过了敌人一次次的追捕，最终安全地送到了目的地。

廖承志、张文彬被捕之后，局势已是极其严峻。要命的是，郭潜还是连贯的梅州"老乡"，他们不但认识还很熟悉，作为原南委的组织部部长，他比谁都清楚抓捕到连贯的重大情报价值。周恩来十分担心连贯的安全，一再把电报拍往东江游击区，要尹林平派专人通知并接应连贯，立即撤往东江游击区。由于此时的营救工作还没结束，更让连贯放心不下的是，邹韬奋还滞留在江头乡下，连贯一直在与乔冠华等保持秘密联系，寻找护送邹韬奋安全转移的时机，根本无暇顾及个人的安危，始终坚守在大营救的阵地。

到了6月上旬，尹林平见连贯还未撤出，只好亲自写了一封信，派李征再去惠州东湖旅店找卢伟如，并要卢伟如尽快想法联系上连贯，并派专人护送连贯到东江游击区。此时，老隆的接送工作也已近尾声，连贯临行前交代郑展，叫他从义孚行迁到侨兴行去隐蔽，继续以做生意为掩护，保持与护送的地下交通员单线接头。——交代清楚后，这才离开了老隆镇。

连贯原计划是要去重庆向周恩来汇报工作的，鉴于局势严峻，他取消了去重庆的计划，交代安排好老隆和梅县方面的后期工作，才来到惠州与卢伟如接头。卢伟如与连贯见面之后，马上转达了尹林平的指示，并告知事态紧急，不能在惠州久留，于是立即动身，亲自护送连贯到淡水的县委交通站。恰巧在此碰到了李征，卢伟如与连贯看了尹林平的信，马不停蹄地赶往惠阳县委田心交通站，见到了惠阳游击大队副大队长高健，高健亲自带队全程护送连贯到白石龙游击队总部。

连贯撤到游击区后，郑展根据他的指示，与隐蔽下来的地下党，把最后一批爱国民主人士和文化名人中转走之后，便以侨兴行陈炳传（陈启昌）伙计的名义，转到梅县潜伏下来，伺机接应邹韬奋。一直等到9月下旬，才找到机会，将邹韬奋安全护送出。

时过不久，一个从梅县前往东江游击区的交通员被捕，此人经常出入源吉行，不但认识卢伟如和陈永，也认识廖安祥。党组织估计这个联络点已经暴露，便立即通知卢伟如、廖安祥、陈永等全部撤出惠州，转去惠阳游击大队，只留下李惠群夫妇继续在惠州东湖旅店工作。到了1942年10月间，打进国民党部队的地下党涂夫和郭杰送出情报：惠州的秘密交通站已完全暴露，军警正准备采取行动。惠阳县委立即采取应急措施，关闭秘密联络站，李惠群奉命撤离惠州，其他没有暴露身份的共产党员全部转入地下隐蔽。东湖旅店及源吉行完成了它们的历史使命，廖安祥把源吉行转移去了梅县。

四、不屈的民主斗士

在大营救期间，邹韬奋是最后一位被送出广东的文化名人。他在白石龙游击区待了3个月，期间还与春节后被游击队护送出来的妻子沈粹缜、儿女嘉华、嘉骊和嘉骝4人，在白石龙团聚过一段日子。沈粹缜母子4人

邹韬奋与家人

去了桂林之后，邹韬奋仍留在白石龙，直至4月中旬才前往惠阳，下旬抵达老隆，几天后又转去江头乡下，直到1942年11月间才转移到苏北根据地。得知他的到来，时任苏中军区司令员的粟裕和苏北军区司令员黄克诚都先后前来看望。因日伪当时正对苏北根据地进行第二次大"扫荡"，为了保证邹韬奋的安全，黄克诚专门派出警卫连长杨旭亮，带一个班武装护送他转移到大杨庄，并安排他在当地有名绅士杨芷江家中住下。杨芷江曾是吴佩孚的北平办事处处长，时任阜东县议会参议长，并与陈毅军长结为好友，是著名的爱国民主人士。徐州、东海"剿共"副总指挥徐继泰听说邹韬奋住在杨芷江家中，马上带了一个团的兵力包围了大杨庄。随后他来到杨芷江家里，对杨芷江说："我得到情报，邹韬奋先生现住在你家，我想看看他，你把他请出来！"杨芷江听后一怔，忙答道："他没有住在我家呀。"说这话时，杨芷江担心徐继泰强行进屋搜查，神情不免有些紧张。徐继泰见状继续说："你不要怕，我不会伤害邹先生，我把手枪交给你，如果我伤害邹先生，你就将我打死。"他一面说话一面将手枪掏出交给杨芷江。

邹韬奋在里屋听到外面的对话，他担心杨芷江的安全，突然从屋内走出来，站在徐继泰面前说："我就是邹韬奋，你要怎么办就怎么办，不要为难杨先生！"徐继泰连忙解释说："邹先生不要误会，我是仰慕你的七君子之名，特来拜会，并无恶意。"邹韬奋听此一说，再次申明自己的政治主张，并希望徐副总指挥以民族大义为重，少去"剿共剿匪"，多做抗日之事。邹韬奋的凛然之气让徐继泰和杨芷江都深感佩服。共产党人为什么要竭尽全力营救邹韬奋？国民党特务为什么要千方百计加害邹韬奋？因为他是一个不屈的民主斗士，手握一支揭露国民党独裁专制的如椽大笔。

邹韬奋 1895 年出生于福建省永安下渡村,1909 年考取了福州工业学校,两年之后又被保送上海南洋公学,1919 年 9 月考入上海圣约翰大学。1921年 7 月,中国共产党成立的那一年,邹韬奋在圣约翰大学毕业,获得文学学士学位。1922 年经黄炎培先生介绍推荐,入职中华职业教育社,担任《教育与职业》及《职业教育丛书》的编辑工作。1926 年 10 月,邹韬奋接任《生活周刊》,对《生活周刊》作了大幅度的改革,并使之逐步发展成为在全国拥有五六十处分支机构的生活书店。

九一八事变之后,邹韬奋及时在《生活周刊》报道了事变的真相。此后,他还利用《生活周刊》的广泛读者群,发动为十九路军抗日将士捐款捐物,以及呼吁抗日救国、号召团结抗战的系列活动,由此,《生活周刊》成为一块宣传抗日、反对投降的强大舆论阵地。1933 年 1 月邹韬奋加入由宋庆龄、蔡元培、鲁迅等人发起组织的"中国民权保障同盟",并当选为执行委员,杨杏佛任总干事。1933 年 6 月 18 日,爱国民主人士杨杏佛被国民党蓝衣社特务暗杀,邹韬奋当时也在特务的黑名单之内,为躲避追杀,不得不流亡海外。

1935 年 5 月,国民党政府逮捕了《新生》杂志主编杜重远,查封了杂志。因为杜重远在《新生》杂志上发表了《闲话皇帝》一文,文中提到了伪满洲国和傀儡皇帝,日本人以"侮辱天皇,妨害邦交"为由,要求当局严惩此事。重庆政府为取媚日寇,竟将杜重远判罪入狱。邹韬奋闻悉"新生事件"后,无比愤慨,对国民党政府压制抗日舆论的妥协政策更加不满。同年 11 月,邹韬奋在上海创办《大众生活》周刊。不久一二·九运动爆发,《大众生活》对学生的抗日救亡运动,给予了强大的舆论支持。他亲自撰写时评,呼吁国人应该"共同擎起民族解放斗争的大旗,以血诚拥护学生救亡运动,推动全国大众的全盘的努力奋斗"。12 月,他又与沈钧儒等人组织成立了上海文化界救国会,他为执行委员。

《生活周刊》的发行量和影响力越来越大,再度引起了国民党当局的恐慌。除了禁止《生活周刊》发售之外,还派出说客拉拢、诱惑邹韬奋改弦

易辙，少做抗日宣传，少为共产党"开脱"。邹韬奋明确表示，谁团结抗日，就拥护谁，不参加抗日救亡则已，既然参加抗日救亡运动，必尽力站在最前线，早把个人生死置之度外。

由于邹韬奋不听"劝告"，继续与重庆政府的舆论宣传分庭抗礼。1936年2月29日，《大众生活》出至第16期时，终被国民党政府查封。失去了战斗阵地的邹韬奋，只好绕道上海辗转香港。到香港后，为能够继续公开发表宣传抗日主张，他又与好友金仲华筹办《生活日报》，并于6月7日出版。他在发刊词中写道："本报的两大目的是努力促成民族解放，积极推广大众文化。"该报问世后，一如既往地宣传抗日救亡思想。此后为扩大报纸影响，邹韬奋计划8月起将其转至上海出版发行。但在移至上海后，因国民党政府打压干扰，未能如愿出版。无奈之下的邹韬奋便将该刊的副刊《星期增刊》复刊扩充，并更名为《生活星期刊》，变着法子支持各地的抗日爱国运动。

为响应中国共产党建立抗日民族统一战线的号召，邹韬奋于7月31日，联合沈钧儒、陶行知、章乃器、李公朴、沙千里、史良、王造时发表《团结御侮的几个基本条件与最低要求》的公开信。信中分析了国内外形势，呼吁蒋介石及国民党政府，在国难当头之时应枪口对外，一致抗日，赞成中国共产党统一抗日的主张。这下可捅到了蒋介石的痛处。

1936年11月22日深夜，蒋介石下令逮捕邹韬奋、沈钧儒等7人，制造了骇人听闻的"七君子事件"，国民党强加给七君子的罪名是"危害民国罪"。国民党政府的倒行逆施激起了公愤，各地学生纷纷组织游行示威，强烈要求释放七君子。迫于全国的舆论压力，邹韬奋在被关押243天后终于出狱。出来不到一个月的邹韬奋，又在上海创办了《抗战》三日刊，该刊与柳湜主编的《全民》周刊合并为《全民抗战》。此刊一出，发行量突破30万份，居当时全国发行物之冠。

迫于邹韬奋越来越大的影响力和决不妥协的强硬态度，国民党当局加紧了对他的限制和迫害。从1939年4月起，国民党当局陆续对生活书店及分店进行封闭或勒令停业，所出图书一律禁止发售或没收。到1941年2月，在国统区内的 50 余家分店全被封闭。为表示强烈抗议，邹韬奋愤然辞去国民参政员之职，拒绝参加第二届国民参政会，离渝赴港。

1941 年 5 月 17 日，《大众生活》又在香港与读者见面了，邹韬奋在复刊词中写道："摆在全国人民面前的紧急问题，就是如何使分裂的危机根本消灭，巩固团结统一，建立民主政治，由而使抗战坚持到底，以达到最后的胜利。"

1941 年 6 月 7 日，邹韬奋与茅盾、范长江、金仲华等 9 人联合发表了《我们对于国事的态度和主张》一文，进一步表达了团结抗战和建立民主政治的强烈愿望，同时他还撰写了《抗战以来》的长篇史料，以光明磊落的公开言行，赞扬国人对政治改革的努力！

香港沦陷之后，邹韬奋是第一批被转移到东江游击区的。在昼伏夜出的 200 多个日日夜夜里，他曾一再对接待和护送他的同志们说，他一定要在有生之年，写一本叫《患难余生记》的书，把他的七次流亡和在东江的这些隐蔽的日子都写进书中，写进他的生命记忆里。令人惋惜的是，该书只开了一个头，病魔就夺去了他的生命，也夺去了他手中那支比枪炮还要猛烈的如椽大笔！

他原本计划从第四章开始写他的第七次流亡，即从 1941 年春开始被迫流亡香港，又因太平洋战争爆发，被共产党营救转到东江游击区，再到江头躲避特务追捕，直至抵达苏北游击区这段颠沛流离、居无定所的流亡日子。遗憾的是当他结束了这次流亡，生命也进入了倒计时，《患难余生记》终成为一部未完的遗著。

1943 年邹韬奋因病重被秘密送往上海治疗，到了 1944 年 6 月 2 日，自知时日不多的他，在病床上口述了这份遗嘱：

我自愧能力薄弱，贡献微少，二十余年来追随诸先进，努力于民族解放、民主政治和进步文化事业，竭尽愚钝，全力以赴，虽颠沛流离，艰苦危难，甘之如饴。此次在敌后根据地视察研究，目击人民的伟大战争，使我更看到新中国光明的未来。我正增加百倍的勇气和信心，奋勉自励，为我伟大祖国与伟大人民继续奋斗。但四五年来，由于环境的压迫，我的行动不能自由，最近更不幸卧病经年，呻吟床褥，竟至不起。但我心怀祖国，惓念同胞，愿以最沉痛的迫切的心情，最后一次呼吁全国坚持团结抗战，早日实行真正的民主政治，建立独立自由幸福的新中国。我死后，希望能将遗体先行解剖，或可对医学上有所贡献，然后举行火葬，骨灰尽可能带往延安。请中国共产党中央严格审查我一生奋斗历史，如其合格，请追认入党，遗嘱亦望能妥送延安。我妻沈粹缜女士可参加社会工作，大儿嘉骅专攻机械工程，次子嘉骝研究医学，幼女嘉骊爱好文学，均望予以深造机会，俾可贡献予伟大的革命事业。[1]

1944年7月24日，邹韬奋在上海病逝，年仅48岁。邹韬奋逝世的消息传出之后，举国哀痛。1944年9月24日，共产党的代表和国民党民主人士在重庆举行会议，张澜、沈钧儒、冯玉祥、董必武等500余人参加了会议。大家一致要求结束国民党一党专政，实行民主政治。随后不久，宋庆龄、郭沫若、张澜等72人发起召开文化界爱国先进战士邹韬奋的追悼会，参加悼念活动的各界人士近千人，在缅怀民主斗士的同时，一致谴责国民党践踏民主迫害爱国人士的罪行。

1944年9月28日，中共中央给邹韬奋家属发来唁电：

邹韬奋先生家属礼鉴：

惊闻韬奋先生病逝，我们十分悲悼，先生遗嘱，更增加我们的感奋。韬奋先生二十余年为救国运动，为民主政治，为文化事业，奋斗不息，虽坐监流亡，决不改变主张，直至最后一息，犹殷殷以全国人民为念，其精神将长在人间，其著作将永垂不朽。先生遗嘱，要求追认入党，遗骨葬

---

① 邹韬奋：《经历》，三联书店1979年版，第404页。

延安，我们谨以严肃而沉重的心情，接受先生临终的请求，并引此为我党的光荣。韬奋先生长逝了，愿中国人民齐诵先生最后呼吁，为坚持团结抗战，实行真正民主，建设独立自由繁荣和平的新中国而共同奋斗到底。谨此电唁，更望家属诸位节哀承志，遵守先生遗嘱于永久。[①]

中共中央在延安为邹韬奋举行了隆重的追悼会，周恩来亲自主持，毛泽东、朱德、周恩来、叶剑英、习仲勋等中央领导为其题词或撰写挽联，《解放日报》还发表了社论。

邹韬奋逝世的消息传到了东江，广东人民抗日游击队东江纵队给邹韬奋家属发去唁电，对韬奋的逝世深表哀悼：

延安转华中军部即转邹韬奋同志家属礼鉴：

我们从电讯里惊悉邹同志的噩耗，恰如一个晴天霹雳。邹同志在这国运艰危，全国人民力量巨大高涨之际，竟抛了我们而长逝了，这是一个巨大的不幸与损失！

……

邹同志虽然长离了我们，但他的精神，他的事业，我们是继续着努力下去，直到最后胜利。

现在我们能够称呼先生为同志是光荣的，不但邹同志以做一个共产党员为光荣，我们也以邹同志能成为我党的一员为光荣。

……

广东人民抗日游击队东江纵队

曾生、王作尧、林平暨全体指战员

民国三十三年十月十二日[②]

---

① ② 余俊杰、刘中国：《白石龙大营救始末》，花城出版社2015年版，第323—326页。

除此之外，在大营救工作中与邹韬奋有过接触的尹林平、曾生、王作尧、杨康华、李筱峰等都题写了挽词。

五、歌乐山头的"雨夜"

廖承志被关押在泰和马家洲集中营内，几乎与世隔绝，国民党特务对他封锁了一切外部消息，他惦念着惠州、老隆、韶关各地的战友，记挂着爱国民主人士和文化人士是否全部脱险，特别是邹韬奋。

其实，从他刚刚被捕的时候，从香港陆续抵达桂林的文化人，已在八路军驻桂林办事处的安排下，分批往重庆和抗日根据地转移。在桂林汇集期间，由于爱国民主人士的努力，加之得到了李济深的大力支持，桂林曾一度成为文化人士的避难所和新的战斗阵地。李济深是位资历颇深的民主革命家。他于北京陆军大学毕业后留学日本，历任黄埔军校副校长、国民革命军第四军军长、北伐军总司令部参谋长等职。他的一生充满传奇色彩，1927年与蒋介石一起反共，6年之后又在福建联合蔡廷锴起兵反蒋，曾被蒋介石3次开除党籍，并以"背叛党国"的名义全国通缉。1937年抗日战争爆发后，因抗战形势需要，又被国民政府任命为军事委员会桂林办公厅主任。此时的李济深，完全赞成共产党的抗日主张，积极支持文化人士的抗日救亡宣传，对聚集桂林的爱国民主人士和文化人士，大力给予了经济帮助和安全保护。

从桂林来到重庆的文化人士，继续在渝开展抗日救亡的文化宣传工作。周恩来通过和文化人的接触和了解，将他们在香港建立文化堡垒，乃至大营救脱险的详细过程，以书面形式报告党中央。毛泽东于1942年5月就在延安专门召开了一个文艺座谈会，特别邀请从香港回到延安的文化人士参加座谈会，会上毛泽东发表了著名的《在延安文艺座谈会上的讲话》（简称《讲话》）。在《讲话》中，毛泽东肯定了文艺工作者在革命战争中的重要作用，阐明了文艺工作者今后的创作立场、态度和方向，让根据地和国统区的文化界人士大受鼓舞。随后又结合延安的整风运动，对《讲话》作了进一步的阐述和补充，中共中央宣传部把《讲话》印成小册子，当作整风文件供各级党员干部学习。①

为了抵制毛泽东《讲话》精神在国统区的传播，国民党中央宣传部部长张道藩煞有其事地撰文《我们所需要的文艺政策》，全面阐述三民主义文艺理论，强调文艺为"三民主义"服务，服务的核心内容就是"一个党、一个领袖、一个主义"。张道藩的文艺专制观点，呼应了蒋介石的独裁政策，立即遭到茅盾、胡风、叶以群、戈茅、戈宝权、乔冠华等人的轮番抨击。这些从日本鬼子铁蹄之下走出来的文化人士，在国民党的重庆大本营里，同法西斯式的文化专制主义做出坚决的斗争。

此时在狱中的廖承志，当然不知道外面发生的情况。1944 年秋，国民党中统局派驻赣省党部调查室主任冯琦，给重庆打了一份报告。报告说，廖承志入狱两年多，毫无"悔过自新"的表现，今日军有袭扰江西之迹象，泰和不安，江西和重庆公路交通中断，请示对廖承志的处置意见。冯琦的报告送出去之后，原以为中统局会下令就地处决，不料回电中却要求他把廖承志从马家洲集中营中提出，交军统局的江西站用飞机解送重庆。廖承志被押解至重庆后，便被军统囚禁在歌乐山下的集中营里。

1945 年 8 月中旬，日本刚刚投降，蒋介石连发 3 份电报，邀请毛泽东前往重庆商谈和平建国事宜。抗战胜利之后，蒋介石依仗着美国的支援和强大的军事实力，坚持反共反民主立场。但碍于战后国内外一致要求和平民主的强烈呼声，特别是爱国民主人士的直面进谏，加之国民党主力远在西南、西北一带，一时无法发动内战。为争取时间，暂时缓和矛盾，蒋介石不得不同中共恢复谈判，并以"军令、政令统一"为条件，企图在谈判中，迫使中共交出军队和解放区。

1945 年 8 月 28 日，毛泽东应约飞抵重庆与蒋介石进行和谈，毛泽东

---

① 余俊杰、刘中国：《白石龙大营救始末》，花城出版社 2015 年版，第 333 页。

一到重庆，即受到了爱国民主人士、文化人士的热烈欢迎。在南方局举办的欢迎晚会上，他会见了柳亚子、章汉夫、潘梓年、许涤新、乔冠华、胡绳、戈宝权、刘白羽等人，接着又在不同的场合会见了茅盾、于玲、宋之的、高汾等从东江游击区回来的人。在重庆期间，毛泽东不顾劳累，百忙之中抽出时间，广泛地接触各阶层爱国民主人士和文化人士，聆听他们的心声，鼓励他们为中国的和平解放事业继续努力。

柳亚子对毛泽东的到来更是振奋而激动。这个早在1926年就与毛泽东在广州相识，并结下不解之缘的诗坛泰斗，想到他人生漂泊、东江避难的日日夜夜，百感交集，情不自禁地赋诗一首赠与毛泽东，以表达他的满怀敬意：

阔别羊城十九秋，重逢握手喜渝州。
弥天大勇诚堪格，遍地劳民乱倘休。
霖雨苍生新建国，云雷青史归同舟。
中山卡尔双源合，一笑昆仑顶上头。

他在诗中由衷称赞毛泽东的"弥天大勇"和为实现国家和平建立联合政府的一番诚意。毛泽东阅后复信柳亚子，信中说："先生诗慨当以慷，卑视陆游、陈亮，读之使人感发兴起。"毛泽东对柳亚子的诗一贯予以赞赏，对这首更是评价极高，在回信之后，不久又写了一首词回赠柳亚子，这首词就是《沁园春·雪》。

毛泽东的《沁园春·雪》发表时，廖承志被关在重庆歌乐山下的国民党监狱里。由于毛泽东的到来，国共谈判还在进行，他在监狱中的生活环境突然有所改善，对外界消息的封锁也有所松动。此时他仍不知道马家洲的看守姚宝山，早已将他的狱中书信送到了周恩来手上，党中央也已向国民党当局提出抗议。在毛泽东与蒋介石的一轮又一轮的谈判中，特别提到了释放政治犯一款，就是要求迅速释放廖承志、叶挺。他也不知道，在延

安的中共七大会议上，他已高票当选中共中央候补委员。他更不知道何时
能出狱，或是在哪一天的深夜，国民党特务悄悄地把他秘密处决。他早把
生死置之度外，但在没死之前，只要还有一口气，他就要抗争，就要好好
地活着。廖承志捎信给黄苗子和郁风夫妇，让他们设法弄些纸笔和颜料送
来，廖承志要写字画画。当廖承志从报纸上读到毛泽东的这首词时，他热
泪盈眶，诗情大发。在黑暗的监狱里，他铺开纸笔，步着毛泽东的韵，填
下了一首《沁园春·雨夜》：

> 风啸松林，午夜囚窗，冷雨斜飘。
> 听嘉陵江下，惊涛拍岸；
> 北天极目，洪浪滔滔。
> 岳憾幽燕，飚狂鲁齐，助我豪情万丈高。
> 千雀跃，庆山人无恙，倍昔妖娆。
>
> 横磨宝剑添娇，教跋扈，桓温为折腰。
> 梦千军斜出，直趋蜀道；
> 金陵吟唱，大显风骚。
> 快刀断麻，摧枯拉朽，壮丽金堂着后雕，
> 天近晓，任身埋黄土，笑仰明朝。

一九四五年冬于重庆歌乐山①

　　廖承志在词中，由衷地表达出对中国革命的必胜信心。他把风啸、囚
窗、冷雨构成一幅身陷白色恐怖的图景，冷雨可以绞杀革命者的躯体，囚
窗可以限制革命者的行动自由，但它们吓不倒、关不住革命者宁死不屈的
斗志。最后一句"天近晓，任身埋黄土，笑仰明朝"，更是表现出廖承志视

---

① 　廖承志：《廖承志文集》（下卷），人民出版社 1990 年版，第 811 页。

死如归的大无畏精神。黑暗过后就是黎明，天要亮了，胜利一定属于人民。"任身埋黄土"的淡定和从容，表现出革命者不怕牺牲的万丈豪情，更让他看到了中国革命的胜利曙光。

六、停战协定与东纵北撤

1945年春夏之际，盟军在太平洋战场上发起了对日军的最后攻势，3月26日攻占硫磺岛，3月31日攻下了菲律宾首府马尼拉，6月21日攻占了冲绳，至此，日军在太平洋上的最后防线基本被瓦解。在中国战场上，中国军队也对日军发起战略反攻。国民党主力当时还主要分布在西南、西北地区，与此相比，中共领导的抗日武装在抗战时不断抓住时机，广泛开辟敌后战场和抗日根据地。到了1945年春，八路军、新四军和游击队，发展到100万人，加上各地民兵200万人，拥有了300万的武装力量，并建立了陕甘宁、晋察冀、苏北、淮北、皖中、广东、琼崖、湘赣鄂等19处解放区。解放区的面积加起来有100万平方公里，人口有1亿多。日军此时所占据的城镇、交通要道及沿海地区已均在抗日军民的包围之中。

在华南地区的东江流域，对日的反攻形势也非常有利，东江纵队已发展到1.1万人，民兵近2万人，建立了惠宝边、增龙博、海陆丰、惠东、江北等7块根据地，根据地面积逾6万平方公里，人口450万。日军在东江流域所占据的城镇及广九铁路、粤汉铁路南段、潮汕公路西段均处于东江纵队的包围之中。

面对着如此严峻的形势，日本侵略者仍不甘心失败。直至苏联红军进入东北，美国又于8月6日和9日先后在广岛、长崎投下原子弹，日本政府才于8月10日向同盟国发出乞降照会。即使这样，日军大本营仍然命令日军负隅顽抗，继续作战。8月11日，朱德总司令连续发布多道命令，其中一道命令华南抗日部队在粤汉路、广九路、潮汕公路两侧对日军发起进攻，如遇抵抗，坚决消灭。东江纵队的曾生、尹林平、王作尧、杨康华立即部署，分头行动，对日军的据点和交通沿线发起攻击。而此时的蒋介石为争抢胜利果实，也连下三道命令，要解放区抗日军队"原地驻防待命"，不得向敌伪"擅自行动"，同时命令日伪军"负责维护地方治安"，等候国民党军前来收编。

针对蒋介石妄图独吞抗日战果的阴谋，毛泽东于8月13日指出："抗战胜利是人民流血牺牲得来的，抗战的胜利是人民的胜利，抗战的果实应当归给人民。"①朱德、彭德怀致电蒋介石，坚决拒绝其命令。8月15日再致电日军侵华最高指挥官冈村宁次，要求"你应下令你所指挥的一切部队，停止一切军事行动，听候中国解放区八路军、新四军及华南抗日纵队的命令，向我方投降""在广东的日军，应由你指定在广州的代表，至华南抗日纵队东莞地区，接受曾生将军的命令"。

此时的蒋介石一边加速运送配备着美式装备的新一军来华南各地受降，一边命令张发奎敦促田中久一的联络部部长不得向东江纵队投降。华南受降、迫降的局势一时剑拔弩张。8月14日，中共广东区委发出紧急指示，在坚决执行朱德总司令的命令的同时，应对蒋介石随时发动内战做好准备。东江纵队各支队遵照区党委和纵队的命令，立即进行紧急动员，全线部署。

为了给国民党军队调动争取时间，蒋介石主动"邀请"中共派出代表团赴渝进行"和谈"。毛泽东早已看破蒋介石的"和谈"阴谋，为了不给蒋介石留下发动内战的借口，便亲率代表团飞抵重庆与蒋"过招"。这次和谈在美国代表的斡旋下，最终达成《政府与中共代表会谈纪要》，即《双十协定》。

1945年12月，美国总统杜鲁门指派马歇尔以总统特使身份调解国共军事冲突。1946年1月10日，国民党政府和中共代表在重庆签署了《国共停战协定》。随后，国共双方分派代表张治中、周恩来和马歇尔在北平组成军事三人小组，开会讨论停止内战、恢复交通等问题。

---

① 毛泽东：《毛泽东选集》（第四卷），人民出版社1991年版，第1129页。

1946 年 1 月 10 日至 31 日，全国政治协商会议在重庆召开。会议期间，中共代表据理力争，再次要求立即释放叶挺与廖承志。宋庆龄、何香凝等爱国民主人士也为此不断向蒋介石施加压力。蒋介石迫于各方压力，最终不得不以交换国民党第十一战区副司令长官马法五等人为条件，下令释放廖承志、叶挺。

1946 年 1 月 22 日，廖承志出狱。周恩来、董必武、邓颖超、邵力子等在红岩村放鞭炮欢迎庆祝他的归来。廖承志出狱后不久，又临危受命南下广东，为东江纵队的北撤问题到处奔波。还在廖承志出狱前的 4 个月，国民党便调集重兵分别向东江纵队的根据地发动进攻。

在敌强我弱的情况下，中共中央指示广东区委和东江纵队要采取"分散坚持、保存干部、保存武装"的方针。东江纵队为了贯彻中央指示，重新部署划分为粤北、东江以南、东江以北和海陆惠紫五（华）4 个地区，建立 4 个指挥部，对党、政、军的领导也重新作了分工：尹林平、曾生在东江；林锵云、王作尧、杨康华在粤北；梁嘉、黄松坚在西江；罗范群、刘田夫在中区；周楠在南路；梁广、连贯、黄会斋、饶新风留在城市。东江纵队分散到各地之后，面临着许多艰苦复杂的情况，由于根据地大部分被占领，战斗频繁，给养不足，在转移过程中伤亡加重，部队大量减员。正是在如此艰险的条件下，东江纵队依靠党的领导和人民群众的支持，分散隐蔽、开发山区、声东击西、灵活游击，最终粉碎了张发奎 3 个月彻底消灭东纵的美梦。

1946 年 1 月 14 日，北平军调处执行部成立之后，立即派出"军调第八执行小组"到广东解决停战及中共广东武装北撤问题。中方代表方方、国民党代表黄伟勤、美方代表米勒于 1946 年 1 月 25 日抵达广州。2 月 25 日，蒋介石向广州行营张发奎下达密令："长江以南不在协定停战范围之内，贵行营辖区残匪务加清剿，限期肃清。"接到密令的当天，张发奎即在下午召开记者招待会，公然否认共产党合法武装部队的存在，说广东只有零星"土匪"，不存在执行停战令的问题，以此拒绝调停，导致谈判无法进行。

方方据理力争，对张发奎所说通通予以驳斥，并列举华南抗日游击队，包括珠江纵队、琼崖纵队、东江纵队及韩江纵队等，在东江流域的南北两岸，东江纵队有1.1万多人的队伍。方方还严正指出，"双十协定"中已确定中共在广东有武装部队，并规定中共武装力量撤出广东地区，这才派出第八执行小组到广东来。广东行营却组织大量兵力围攻惠宝边解放区，在2月22日还多方阻拦执行小组到大鹏湾实地考察、监督停战。方方还据此发电，向北平军调处反映："国民党广东当局，在不到半个月的时间里，连续两次向我大鹏湾解放区作出大规模进攻，妄图将我军一举歼灭，然后让第八执行小组前往视察，以证明'东江无中共部队'的谎言。"

周恩来在重庆向国民党军事当局提出强烈抗议，同时动员社会舆论用铁的事实驳斥张发奎的荒谬言论，揭穿国民党假谈判、真内战的阴谋。1946年2月13日和25日，延安《解放日报》和重庆《新华时报》先后发表《华南抗日游击队的功绩》一文。文中指出，抗战期间，东江纵队活跃于广东的沦陷区，积极打击日伪，先后建立了东江、韩江以及北江等广大解放区和游击区，它的功绩和八路军、新四军一样，对于打败日本法西斯军队的战争起了很大的作用。在香港沦陷后，东江纵队更是出生入死，竭尽全力地营救民主人士、文化界人士、国民党官员和国际友人，他们的功绩不仅为中国人民所目睹，而且为国际友人所称道。2月19日香港《华商报》公开发表中共广东区党委发言人的重要讲话。同日，《华商报》还以大量篇幅发表东江纵队营救国际友人和与盟军合作的有关材料，论证东江纵队在太平洋战争中的战略地位和重要作用，驳斥张发奎的不实之词。

为了进一步揭露国民党当局的阴谋，在周恩来的安排下，东江纵队政委尹林平于3月9日飞抵重庆，并于3月11日在重庆召开记者招待会，详细介绍华南人民抗日武装的发展情况，列举抗战期间的功绩。3月18日，中共代表团团长周恩来在重庆举行中外记者招待会。会上，周恩来首先让尹林平和新四军五师的代表郑绍文分别介绍了广东与湖北的内战情况，以及军调小组在执行任务过程中遇到的困难。最后，周恩来指出究竟是谁不遵照执行停战命令、继续内战,他呼吁全国人民、盟邦朋友及各党派朋友一致来监督停战协议的真正实现。

3月22日,中国民主同盟港九支部在香港举行正式成立大会,并通电全国,呼吁停止内战,要求国民党立即停止对东江解放区的进攻。何香凝、李章达、蔡廷锴也先后发表声明,呼吁停止内战。受东江纵队营救的英国、美国朋友也发表公开谈话,声明东江纵队是一支英雄部队,表示予以支持。

迫于强大的舆论压力,国民党当局不得不同意与中共就华南抗日武装的问题再次谈判。中共中央对广东武装斗争及北撤非常关心,毛泽东、刘少奇在延安亲自接见了尹林平,指示尹林平要抓紧时机,及时北撤,粉碎蒋介石的内战阴谋。刚刚出狱的廖承志临危受命,参与了三人谈判小组。经过在重庆怡园多次激烈的谈判,3月17日,终于与国民党代表皮宗阙、美方代表柯夷达成了相关条款,最终迫使国民党承认中共广东武装力量的存在,并签订了北撤协议。北撤协议签订后,廖承志马不停蹄地飞赴广州,以"重庆三人小组军事代表团"的身份,会同第八执行小组,与国民党广东当局商谈北撤的具体事宜。

1946年3月31日,军事代表团到达广州,随后尹林平、张发奎也同机到达。经过两天的谈判斗争,到4月2日,国民党广州行营才与第八执行小组在东江停战和东纵北撤问题上达成并签署了联合决议。此项决议主要内容有:(1)承认华南有中共领导的抗日武装力量;(2)北撤2400人,从调查之日起至登船之日止,以1个月为限;(3)从大鹏湾登船,撤退到陇海路以北,撤退船只由美国负责。①

毛泽东曾在《关于重庆谈判》一文中强调指出:"已经达成的协议,还只是纸上的东西,纸上的东西并不等于现实的东西。事实证明,要把它变成现实的东西,还要经过很大的努力。"②东江纵队北撤时的斗争实践,充分证明了毛泽东伟大论断的预见性和正确性。

---

① 《东江纵队志》编委会:《东江纵队志》,解放军出版社2003年版,第155页。
② 毛泽东:《毛泽东选集》(第四卷),人民出版社1991年版,第1156页。

至 4 月 18 日，距签署北撤协议已过去了 1 个月，国民党广东当局在对东纵部队的撤离路线、集中地点、复原补偿、粮食物资等问题上一直是诸般苛刻，目的就是为了拖延时间，等待内战全面爆发，乘机把集结待撤的东江纵队全歼在广东境内。直至 5 月 23 日，第八执行小组发布第三、四号新闻公报，公开协议的主要内容。在记者招待会上，方方介绍了东纵北撤人员的标志以及复原人员的复员证等问题。

北撤人员共为 2583 人，包括珠江纵队 89 人，韩江纵队 47 人，南路 23人，桂东南 1 人。在当时，其中北撤最困难的是粤北部队，部队分散在始兴、怀化、南雄、英德、和平、连平等地以及湘南、赣南。限令本来就要他们在一个月内集中到大鹏湾，这已是困难重重，沿途国民党又进行偷袭和阻击，在粤北部队刚开始集结时，国民党指示南雄县大队袭击东纵短枪队，在大营救工作中立下赫赫战功的短枪队队长刘黑仔、指导员苏光等就是在这次敌人的偷袭中壮烈牺牲的。①

1946 年 6 月 29 日，北撤人员分乘美国 3 艘登陆舰离开大鹏湾，并于 7月 5 日到达烟台。经过整训和学习，1947 年 8 月 1 日组建为两广纵队，编入三野序列，并在之后参加了华北、济南、淮海等重大战役。1949 年 3 月，两广纵队改属四野挥师南下，之后与北撤时复员留下的武装骨干组织发展起来的粤赣湘边纵队胜利会师，继续参加解放广东的作战。②

刘黑仔（左二）与战友合照

东纵北撤前 3 天，蒋介石悍然撕毁停战协定和政协决议，

---

① 《东江纵队志》编委会：《东江纵队志》，解放军出版社 2003 年版，第 158、161 页。

② 《东江纵队志》编委会：《东江纵队志》，解放军出版社 2003 年版，第 160—162 页。

首先向中原解放区发动大规模进攻，接着又分别对华东、山东、华北发动进攻。在广东则大肆捕杀东纵复员人士，迫害爱国民主人士和进步学生，强制推行征兵、征粮、征税，妄图把广东变成全面内战的后方基地。8月，美国宣布退出"军调处"。至9月，国民党政府参谋总长陈诚公开宣布将进攻张家口，国共谈判完全破裂。周恩来愤然退出谈判小组飞往上海，并于9月27日急电中共中央，应利用马歇尔回美国之前的时间，尽快完成疏散和撤退工作，并把公开活动的重点地区又放在了香港。月底，在认真听取了中共香港工委连贯、杨林的汇报之后，周恩来当面指示："蒋介石完全撕毁和谈假面具，全面内战已经爆发，国民党迟早要赶走我们，我们也准备再穿几年草鞋。有些民主人士、文化人以及我们的干部要疏散到香港、东南亚一带，香港工委要作好安排。"①

10月初，章汉夫由上海赴香港，负责党的新闻工作及筹备党刊《群众》杂志，接着乔冠华、龚澎、刘宁一、许涤新、方卓芬等人，也陆续接到周恩来关于迅速转抵香港的通知，再接下来夏衍等一批文化人也撤去香港。②至1947年1月，中共中央对香港地区的党组织做出了新的调整。1947年5月6日，根据中共中央指示，中共中央香港分局正式成立，由方方、尹林平、潘汉年、梁广、章汉夫、夏衍、连贯7人为委员，方方为书记，尹林平为副书记。③时局变幻，时光流转，历史也会兜圈，谁也没想到，当年组织秘密大营救的核心班子，还有被救出的爱国民主人士和文化名人，5年之后，大都又重新回到了香港这块"弹丸之地"，为中国革命的最后胜利再次开辟了新的战场。

---

① 中共中央文献研究室：《周恩来年谱（1898—1949）》（修订本），中央文献出版社1998年版，第712页。

② 参见余俊杰、刘中国：《白石龙大营救始末》，花城出版社2015年版，第345页。

③ 《中共中央关于设立香港分局的指示》，见广东省档案馆编：《华南党组织档案选编（1945—1949）》，第48页。

后　记

　　"粤港秘密大营救"是一起广为人知的历史事件，也是粤港澳地区共产党人在抗日战争期间用生命和鲜血写下的壮丽诗篇。对于这段历史，我并不陌生，早在十多年前就参与了《东江特遣队》的电影剧本创作，后来又参加了《东纵北撤》《大营救》等影视剧本创作，在此期间还陆续写过东纵老战士的人物传记和多个"大营救纪念馆"的展陈大纲。我自以为凭着多年来对中共党史和东江纵队史的接触和了解，是完全可以完成这部"大营救"的纪实作品的。

　　但当我正式接受任务，并着手案头准备的时候，才发现自己面临着诸多困难。首先是史料不足，因为参与大营救的人早已作古，根本无法采访到第一手材料，今全凭《秘密大营救》和《胜利大营救》这两本书。书中的内容大致可分为两部分：一是当年组织策划和参加武装护送人员的回忆录，二是被营救的爱国民主人士、文化人士和国际友人回忆录。而他们的回忆叙述有一个共同的特点，都是从太平洋战争爆发到香港沦陷，再到组织抢救和护送出港，所回忆的焦点几乎是同一时间的同一件事。在讲述的同一件事情中，由于时间久远，且大多是当事人口述，别人整理，故文中的时间、地点、人名也多不相符。为了获得更多的创作史料，我曾到深圳、河源、梅州、韶关等地市的党史方志部门搜集相关资料，但无论是当地的人物传记还是地方党史，内容版本也大多是源自上述的两本书。为掌握更多的写作素材，我还专门去了一趟香港、澳门，在当年八路军驻港办事处、避风塘联络站、铜锣湾码头、九龙、西贡等地转了一圈，后又沿着当年的主要交通站，从白石龙、坪山、茶园、惠阳、老隆、韶关一站站地走下去，除了感受到当年转移文化人的诸多不易之外，所需要的史料同样是收获甚微。

其次是纪实作品的严格要求。我今要创作的是一部全面、系统、客观地反映这一历史事件的纪实作品。所谓纪实，无非是借助个人体验，主要通过历史文献，分析相关日记、书信、档案，以采访等方式得到的第一手材料，用非虚构的方式来书写大营救中的真实人物和真实事件。而在以前的影视剧本和文学作品中，无论是《东江特遣队》《明月几时有》《黄金时代》《英雄刘黑仔》《秘密大营救》等，仅是以历史人物为原型，在大营救事件的背景中，截取某些片断加工出来的故事，这与纪实作品的写法完全是两码事。在这种情况下，我只有根据当年的回忆文章来逐一细读，并分类甄别，同时根据中共党史和各个地方史来佐证，并按照事件发生的前后顺序梳理成篇。大营救事件涉及数百个人物，数十个秘密交通站和地下党组织，没有丝毫虚构和臆测的成分，严谨所致的难度可想而知。在撰写的过程中，我把重点放在"穿越封锁线"这个"穿越"过程，兼顾"始"（事件的背景和起因）和"末"（营救之后的余波和影响），从而来实现"全方位、多角度"展示此段真实历史的基本构思。

在创作过程中，得到了中共惠阳区委组织部，区党史研究室，深圳白石龙、惠州东湖旅店（本书图片由其提供）、老隆福建会馆等大营救纪念馆的大力支持。尤值一提的是，曾生、连贯、王作尧、廖安祥、卢伟如、蓝造等老革命的后人，为了此书的面世，都曾前来惠州晤面或通过其他方式转来相关照片和资料，在此一并感谢。

初稿出来之后，不甚满意，总感觉文史价值与文学价值相距甚远，但又不知道该从何下手加以修饰。历时半年，几易其稿，已是江郎才尽，况因颈椎旧疾复发，伏案尤甚。医生朋友忠告：不宜继续写作，若再写大营救，你也快要被营救了。于是只好匆匆搁笔。由于时间仓促，史料有限，难免有纰漏瑕疵之处，恳请读者多多批评指正。

是为记。

2020年春初稿，夏第二稿，秋第三稿

写于惠州枫园阁

参考文献

1. 《东江纵队史》编写组:《东江纵队史》,广东人民出版社 1985 年版。

2. 黄秋耘、夏衍、廖沫沙等:《秘密大营救》,解放军出版社 1986 年版。

3. 《港九独立大队史》编写组:《港九独立大队史》,广东人民出版社 1989 年版。

4. [美] 海伦·斯诺著,安危译:《延安采访录》,贵州人民出版社 1989 年版。

5. 中共中央党史研究室:《中国共产党七十年》,中共党史出版社 1991 年版。

6. 曾生:《曾生回忆录》,解放军出版社 1992 年版。

7. 中共中央文献研究室:《周恩来年谱(1898—1949)》(修订本),中央文献出版社 1998 年版。

8. 廖承志:《胜利大营救》,解放军出版社 1999 年版。

9. 中共广东省委党史研究室:《中国共产党广东地方史》,广东人民出版社 1999 年版。

10. 政协广东省梅州市委员会:《廖安祥纪念文集》,内部出版物,1999 年。

11. 《中国共产党东江地方史》编纂委员会:《中国共产党东江地方史》,广东人民出版社 2001 年版。

12. 《东江纵队志》编委会:《东江纵队志》,解放军出版社 2003 年版。

13. 中共惠阳区委党史研究室等:《中国共产党惠阳地方史》,中国社会出版社 2004 年版。

14. 茆贵鸣:《乔冠华传:从清华才子到外交部长》,江苏文艺出版社 2007 年版。

15. 茆贵鸣:《情注香江——廖承志与香港》,作家出版社 2008 年版。

16. 申伯纯:《西安事变纪实》,人民出版社 2008 年版。

17. 卢晓衡:《走出湾塘——卢伟如的革命人生》,中共党史出版社 2010 年版。

18. 中共中央党史研究室:《中国共产党历史:第一卷(1921—1949)》(下册),

中共党史出版社 2011 年版。

19. 中共惠州市惠阳区委党史研究室：《丰碑——惠阳红色史迹寻踪》，中共党史出版社 2011 年版。

20. 黎汝清：《皖南事变》，人民文学出版社 2012 年版。

21. 刘深：《香港大沦陷》，人民日报出版社 2013 年版。

22. 王国梁：《大营救》，花城出版社 2014 年版。

23. 金一南：《苦难辉煌》，作家出版社 2015 年版。

24. 王树增：《抗日战争：1937 年 7 月—1938 年 8 月》（第一卷），人民文学出版社 2015 年版。

25. 余俊杰、刘中国：《白石龙大营救始末》，花城出版社 2015 年版。

26. 刘中国、余俊杰等：《白石龙文钞》，花城出版社 2015 年版。

27. 雷铎、曹轲、谢岳雄：《南粤利剑》，花城出版社 2015 年版。

28. 蒋廷黻：《中国近代史》，民主与建设出版社 2017 年版。